LA SPOSA SPERICOLATA

SERIE SUI MÉNAGE DI BRIDGEWATER - 10

VANESSA VALE

Copyright © 2019 by Vanessa Vale

Tutti i diritti riservati. Nessuna parte di questo libro può essere riprodotta o trasmessa in qualunque forma o mezzo, elettrico, digitale o meccanico, incluso ma non limitato alla fotocopia, la registrazione, la scannerizzazione o qualunque altro mezzo di salvataggio dati o sistema di recupero senza previa autorizzazione scritta da parte dell'autore.

Vale, Vanessa
Titolo originale: Their Reckless Bride

Cover design: Bridger Media
Cover graphic: Period Images; Deposit Photos: Krivosheevv

ISCRIVITI ALLA NEWSLETTER

Unisciti alla mailing list per essere informato per primo su nuove uscite, libri gratuiti, premi speciali e altri omaggi dell'autore.

http://vanessavaleauthor.com/v/db

1

 RACE

«Siete dalla parte sbagliata della legge, Sceriffo.» La voce di Papà mi arrivò fin dove mi trovavo, nascosta dieci metri più in alto sul promontorio. Era rozza e profonda, carica di cattive intenzioni nel riecheggiare contro le rocce. I suoi abiti erano vecchi e stracciati. Era sporco, il sole caldo gli faceva colare rivoli di sudore attraverso la polvere che aveva sul collo.

«La parte sbagliata di una pistola,» replicò Travis, in piedi accanto a lui a ridere, per poi sputare un grosso ammasso di tabacco masticato sulla terra ai suoi piedi. Non dovevo trovarmici vicino per sapere che puzzava da morire. Se anche il ruscello dietro casa fosse stato pieno d'acqua invece che secco in quel periodo dell'anno, non avrebbe avuto importanza. Quell'uomo semplicemente si rifiutava di lavarsi.

Papà rise, sicuro del fatto che, per quanto fossero stati inseguiti da due uomini, erano lui e mio fratello ad impugnare le armi. Era come se fossero stati dal lato giusto della legge e non parte della famigerata gang Grove, che aveva appena svaligiato la banca di Simms.

Strisciai più vicino al bordo del promontorio, l'erba alta che mi nascondeva alla vista. Al di sotto si trovavano l'ansa del ruscello e il punto in cui Papà e Travis si erano nascosti nel boschetto di pioppi che ne seguiva il corso, in attesa che lo sceriffo li raggiungesse per poi tendergli un'imboscata.

I due poliziotti erano stati costretti a smontare da cavallo e adesso i loro animali stavano bevendo, inconsapevoli del fatto che le vite dei loro cavalieri fossero in pericolo.

«Dovremmo ucciderli, Travis, o magari spargli e lasciarli agli avvoltoi?»

Papà l'avrebbe fatto. Era un uomo cattivo e crudele che avrebbe sparato ad una persona per poi lasciarla a soffrire di una morte lenta, per dissanguamento, da sola nel bel mezzo del nulla.

Sarebbe stato un peccato, però. Gli uomini che se ne stavano lì con le mani alzate e le pistole gettate a terra ai loro piedi erano decisamente belli e degni di vivere. Degni di farsi osservare da me, e non dopo che Papà gli avesse conficcato un proiettile nel ventre.

Dalla mia posizione, riuscivo facilmente a distinguere la stella di latta sull'ampio petto dello sceriffo. Il cappello gli riparava gli occhi dal sole, per cui non riuscivo a dire di che colore fossero, ma aveva i capelli scuri che ne uscivano a riccioli da sotto. La sua bocca formava una linea sottile, la mascella squadrata era serrata. Non era felice. Nonostante fosse nascosto dalla camicia attillata e dai pantaloni eleganti, ogni muscolo nel suo corpo era teso. Aveva le mani lungo i fianchi, le lunghe dita che si flettevano e si arricciavano. Era come se fosse stato carico, in attesa del momento giusto per colpire. Se non fosse stato preso di mira da una pistola, la sua stazza e il suo peso lo avrebbero reso un avversario temibile. Io non ero bassa, ero piuttosto alta per essere una donna, ma credo che gli sarei arrivata al massimo al naso. Mio padre e mio fratello erano di bassa statura ed esili, il che rendeva le loro armi il loro unico vantaggio in quella resa dei conti.

Guardare lo sceriffo suscitò qualcosa in me. Mi risvegliò. Mi fece vedere un uomo con occhi diversi, quelli di una donna interessata. Attratta. Perché lui? Perché in quel momento? Non avevo mai provato alcun genere di desiderio prima di allora. Il mio cuore non aveva mai perso un battito, il respiro non mi si era mai mozzato alla sola vista di un uomo. Per quanto fossi decisamente una donna – i miei seni ben stretti sotto una fascia ne erano la prova – non mi ero mai comportata come tale. Non essendo stata cresciuta come l'unica femmina in famiglia, non mi ero mai immaginata che sarei mai stata come una di loro... ad indossare abiti piacenti, corsetti, belle cuffie per il sole, figuriamoci a desiderare un uomo.

Tutti quelli che avevo incontrato erano sempre stati cattivi, burberi e brutti.

Quell'improvviso interesse era la ragione per cui trovavo altrettanto interessante anche l'uomo che gli stava accanto? Non ne avevo mai visto uno con i capelli rossi. Non indossava il cappello, per cui gli scuri riccioli castano ramati gli scendevano sulla fronte in maniera elegante. Perfino nonostante fossimo distanti, non potei non notare i suoi occhi verdi, dello stesso colore dell'erba su cui mi trovavo. Non sembrava intimorito o impaurito. Sembrava... furioso. La sua rabbia nei confronti di mio padre e mio fratello era palese.

Strisciai un po' più vicino al bordo, l'erba soffice che mi faceva da cuscino, estraendo la pistola al mio fianco. Sbavandogli addosso. Forse per via del fatto che fossi tanto abituata alle minacce e alle intimidazioni di mio padre e mio fratello, mantenni la calma in una situazione tanto tragica e osservai il bellissimo duo. Oddio. Erano virili. Intensi. Imponenti, nonostante si trovassero di fronte alla canna di una pistola.

Papà e Travis si sentivano uomini quando brandivano le loro armi. Ne avevano bisogno per sentirsi potenti. Gli altri due... trasudavano potere di loro.

Sapere che erano a caccia di alcuni membri della banda Grove, impazienti di consegnarli alla giustizia, non faceva che renderli più affascinanti. Non erano come la mia famiglia. Erano migliori. *Di più*. E ciò non faceva che intrigarmi ulteriormente. Per la prima volta in vita mia, volevo far scorrere le mie mani su un uomo. *Due uomini*. Volevo sentire i loro corpi duri, prendere la loro mandibola nel palmo e sentire la loro barba solleticarmi la pelle. Volevo sentirmi piccola, femminile. Volevo *sentire*. Con loro, sapevo che l'avrei fatto. Ma loro non sarebbero rimasti passivi come in quel momento. Si sarebbero presi ciò che volevano da me.

Quell'idea era così sbagliata, poichè Papà faceva proprio così. Oh, non allo stesso modo, ma si prendeva. E si prendeva. Papà – e anche Travis – rendevano la mia vita uno schifo. Avevo cucinato e pulito come una serva. Una schiava, più che altro, dal momento che non ero mai stata ripagata per i miei sforzi. Quando Papà prendeva a bere, io mi nascondevo, avendo scoperto che gli piaceva sfogare la propria rabbia su di me. Travis non mi proteggeva mai, mi diceva solamente che me lo meritavo. Che ero solamente una donna inutile.

Il loro controllo su di me mi aveva tenuta costantemente in bilico tra il lato giusto e quello sbagliato della legge. Non avevo mai commesso nessuno dei crimini per cui il nome della mia famiglia era rinomato, ma ero decisamente colpevole in quanto complice. Sarei potuta andare dallo sceriffo in qualunque momento e consegnarli alla legge, dire loro esattamente dove avrebbero potuto trovarli, quando avrebbero fatto la rapina successiva. Tuttavia non l'avevo fatto, nemmeno una volta, perchè temevo per la mia vita. Papà non era uno che abbracciava. No, era uno che picchiava.

E poi, aveva scoperto che valore potesse avere una misera donna. *L'unico* modo in cui pensava che una donna potesse valere qualcosa. Che stronzo.

Ecco perché mi trovavo lì in quel momento. Quei poliziotti non erano gli unici a volerli punire.

«Falla finita, Grove,» disse lo sceriffo. La sua voce era tagliente come la lama di un coltello.

Papà e Travis risero, chiaramente convinti di avere loro il controllo della situazione, di avere loro il potere, di poter decidere loro quando e come porre fine alle vite di quei due uomini.

«Non siete nella posizione di avanzare alcuna minaccia, Sceriffo,» disse Travis. «Siamo noi a impugnare le pistole.»

Non erano gli unici. Acquattata nell'erba, poggiai la pistola di fronte a me, prendendo la mira. Ero più abituata al fucile, ma la Colt che avevo preso a Barton Finch sarebbe andata bene. Ripensandoci, avrei dovuto spargli con quella. Era stato uno stupido sbaglio da parte mia, lasciarlo in vita dopo ciò che aveva voluto fare. Ce l'avevo avuta così tanto con mio padre che ero andava via di corsa. Avevo dato la caccia a lui e Travis.

Sognavo di uccidere ciò che era rimasto della mia famiglia da tempo. Me ne stavo sdraiata nel letto la notte a immaginarmi come l'avrei fatto. Bramavo liberarmi di loro. Papà aveva insegnato ai miei fratelli come sparare e mi aveva assecondata permettendomi di fare pratica accanto a loro, ma probabilmente non si era mai immaginato che avrei puntato la pistola contro di lui. Per poi sparare.

Provavo un odio nei suoi confronti che praticamente era infetto.

Potevamo anche condividere lo stesso sangue, potevamo vivere nella stessa casa diroccata, ma io non ero affatto come loro. I miei pensieri oscuri erano concentrati solamente su di loro e nessun altro. Non auguravo del male a nessun altro. Non gli avrei permesso di uccidere due uomini innocenti. Non uomini che stavano facendo il loro lavoro, che cercavano di mantenere la pace. Che cercavano di fare giustizia.

«È ora di conoscere il tuo Creatore, Sceriffo.» Papà caricò la pistola.

Lo feci anch'io. E sparai per prima.

Il forte scoppio fece sobbalzare lo sceriffo, ma fu Papà a cadere a terra.

«Questo è per avermi data a Barton Finch,» sussurrai, guardando Papà contorcersi, mentre si premeva una mano contro il buco provocato dal proiettile nella sua coscia, il sangue che gli colava tra le dita. Urlò di dolore, imprecando, cercando di capire da dove fosse giunto lo sparo.

Colsi l'attimo in cui Travis abbassò lo sguardo su di lui, fissando sconvolto e confuso ciò che era appena accaduto, per caricare di nuovo la pistola. Non fu difficile prendere la mira: Travis era un bersaglio immobile, molto più grande di una bottiglia di whiskey vuota alla quale ero abituata. Sparai.

Cadde sul posto.

«E questo, Travis, è perché sei uno stronzo.»

Lo sceriffo e l'altro uomo si accucciarono d'istinto per cercare di rimpicciolirsi, ma andarono da Papà e da Travis, afferrando le loro pistole così che non fossero più una minaccia.

Non li avevo uccisi, ma adesso Papà e Travis non avrebbero più fatto del male agli altri uomini. Porre fine alle loro vite sarebbe stato troppo bello per loro, troppo facile.

Gli avevo sparato proprio come loro avrebbero fatto allo sceriffo e all'altro uomo. Ma a differenza della mia famiglia, io mi ero assicurata che le ferite inflitte fossero curabili, se prese per tempo. Ci trovavamo a qualche miglio da Simms. Lo sceriffo avrebbe potuto trascinare i loro corpi sanguinanti fino in paese per far sì che se ne occupasse un dottore, per poi farli impiccare. Oppure, avrebbe potuto lasciarli a marcire. A lui la scelta. Ciascuna delle due cose a me stava bene.

Infilandosi le armi nel retro dei pantaloni, lo sceriffo e l'altro uomo ripresero le proprie pistole, voltandosi di scatto per puntarle verso di me. I loro sguardi scrutarono il bordo del promontorio in cerca del tiratore. Di me.

Forse ero crudele quanto mio padre nel lasciare lui e Travis lì a soffrire, ma dopo ciò che mi avevano fatto? Dopo avermi *data* a Barton Finch quella mattina, non avevo più pietà. Ero sfuggita ad uno stupro. A malapena. Solo non mi ero aspettata che la mia vendetta sarebbe giunta tanto in fretta. Ora, l'avevo ottenuta. Mi alzai e mi sistemai il cappello, abbassando un'ultima volta lo sguardo sulla scena, con un sorriso in volto alla vista di Papà e di Travis che soffrivano e si contorcevano. Cazzo, avrei dovuto far fuori Barton Finch quando ne avevo avuto l'occasione, a quel punto tutta la gang Grove sarebbe morta o presto impiccata.

Quando gli altri due uomini mi videro, li fissai per un breve istante e mi chiesi come sarebbe stato appartenere a loro, sapendo che non sarebbe mai accaduto.

Due uomini non desideravano una sola donna, ed io mi comportavo a malapena come tale. Non possedevo nemmeno un vestito. Avevo i capelli lunghi e selvaggi, sempre raccolti in una treccia e infilati sotto il cappello per tenerli a bada. Se ciò non fosse stato già poco attraente, c'era una cosa ancora peggiore. Ero una Grove.

2

*H*ANK

«Chi cazzo è stato?» chiesi, andando al mio cavallo e afferrandone le redini. La bisaccia che avevano usato per rubare i soldi si trovava a terra accanto a loro e la presi, legandola alla sella. Non volevo che succedesse nulla a tutti quei soldi guadagnati con sudore – e facilmente rubati. Per quanto riguardava gli uomini...

Ero sudato, il cuore mi batteva forte, rendendomi conto di quanto ci fossimo avvicinati alla morte. Non era stata la prima volta e probabilmente non sarebbe stata l'ultima. Però, cazzo.

Quell'uomo, diamine, non poteva essere più che un adolescente, aveva abbattuto la gang dei Grove con due proiettili. Dilagavano da anni, a creare scompiglio, a inasprire i propri crimini fino ad arrivare all'omicidio. Il nostro si era quasi aggiunto alla lista. Non fosse stato per il fatto che quel ragazzino ci aveva salvati ed io volevo parlargli.

Quella banda di ladri e assassini aveva ucciso mio padre ed io l'avevo sostituito in quanto sceriffo solamente per avere vendetta. Per vedere quei bastardi dietro le sbarre. Impiccati.

E adesso, con un proiettile dopo l'altro, due di loro erano spacciati. Ne rimaneva solamente uno ricercato. Ora che non avevo due pistole puntate alla testa, potevo crogiolarmi nella consapevolezza che l'avrebbero pagata. Che avrebbero sentito la corda rozza attorno al collo consapevoli di essere diretti all'inferno. Volevo vederli dietro le sbarre di una cella, ma sapere che stavano perdendo sangue ovunque sul terreno per il momento mi bastava. Non sarebbero andati da nessuna parte. Non con le ferite che avevano. Fanculo quegli uomini. Io volevo quel ragazzino.

Ci aveva guardati dall'alto ed io mi ero immobilizzato, mi ero raggelato come se fossi stato colto all'improvviso da una bufera a Gennaio. Avevo colto il profilo della sua mascella, ma il resto del suo volto era stato nascosto nell'ombra sotto la tesa del suo cappello. La sua figura era snella al di sotto della camicia e dei pantaloni larghi, quella di un uomo non del tutto cresciuto. Di un giovane allampanato.

«Non ne ho idea. Non l'ultimo membro di quel cazzo di gruppo. Troppo piccolo a detta dei testimoni. Tutto ciò che so è che non siamo morti,» replicò Charlie, tirando via il proprio animale dall'acqua, dandogli delle pacche sul collo per poi montare in sella. Non c'era bisogno che gli dicessi che intenzioni avessi: sapeva che stavamo andando all'inseguimento del ragazzo.

Ero completamente frastornato dalla mia reazione nel vederlo ergersi sul promontorio. Il cazzo mi si era rizzato come una fottuta bandiera. Forse era stata una reazione istintiva all'essere quasi morto... ma ero già stato vicino alla morte in passato e non avevo mai avuto un'erezione. Essere lo sceriffo non era uno dei lavori più sicuri: la morte di mio padre ne era la prova. Ora che ci pensavo, la mia erezione non era comparsa *quando* ci eravamo trovati in punto di morte, ma solo quando avevo alzato lo sguardo sul nostro salvatore.

Quando era risuonato lo sparo, avevo trattenuto il fiato, pensando di essermi beccato il proiettile. Tuttavia, non era nemmeno provenuto dalla pistola di Grove, ma da un punto sopra di noi sul promontorio. Quel luogo, con la rupe scoscesa alle nostre spalle, la valle che svoltava improvvisamente così che lo sguardo non poteva perdersi molto in lontananza, così come le fitte file di alberi, era perfetto per un'imboscata. Eravamo stati stupidi a finirci dentro, ma non ci eravamo aspettati di trovare i rapinatori della banca tanto vicino al paese. Il fatto che non fossero saliti sul promontorio per farci fuori dimostrava solamente il loro interesse nell'ucciderci faccia a faccia. Sembrava che qualcun altro avesse già occupato quel posto e ci avesse salvato il culo. Graze al cielo.

«Ehi! Avete intenzione di lasciarci qui, cazzo?» urlò il Grove più anziano, la sua voce ora intrisa di dolore invece che arroganza.

Tirai le redini del mio cavallo e abbassai lo sguardo su Marcus Grove, mentre gocciolava sudore e si esibiva in una smorfia di dolore. Si teneva la mano sulla coscia e il sangue gli colava tra le dita. Per quanto riguardava suo figlio, giaceva un paio di metri più in là, i piedi nel ruscello. Gli avevano sparato nello stomaco, per quanto il sangue gli macchiasse il fianco, probabilmente senza prendere alcun organo vitale. Anche lui sudava copiosamente, ma era pallido, il respiro affannato. Nessuno di loro sarebbe sicuramente riuscito a salire in sella ai propri cavalli, ovunque fossero nascosti. Sarebbero morti lì... prima o poi. Forse era meglio così che non attendere di farsi impiccare. Ore di sofferenza.

Provai un po' di pietà per loro. Mio padre aveva trascorso il suo ultimo anno di vita a dare la caccia a quei bastardi. Avrei dovuto semplicemente ucciderli con un colpo di pistola e farla finita, abbatterli come un cavallo con una zampa rotta. Non ero certo se il ragazzino avesse avuto una pessima mira o se avesse intenzionalmente puntato la pistola alla perfezione. Aveva voluto ucciderli o solamente ferirli? Aveva sentito le intenzioni dei Grove, di lasciarci agli avvoltoi? Si trattava di un voltafaccia o aveva voluto farli soffrire? O di farli finire poi col cappio al collo?

Chi cazzo era quel ragazino e cosa ci faceva là fuori?

Fissai i due uomini che avevano guidato ogni mia azione sin dalla morte di mio padre. Che mi avevano trattenuto dalla mia tranquilla vita al ranch. Erano patetici. Un rifiuto dell'umanità. Ed io me li stavo lasciando alle spalle. Folle, lo sapevo, ma avevo cose più importanti da gestire in quel momento.

«Non preoccupatevi, vi manderemo qualcuno ad aiutarvi,» borbottai, spronando il cavallo a muoversi senza guardarmi indietro. Dio avrebbe pure potuto mandarmi all'inferno, ma molta gente aveva sofferto per via della gang dei Grove. Non me ne fregava veramente un cazzo se stessero soffrendo o morendo dissanguati e dubitavo che anche a Charlie importasse. Potevo anche essere lo sceriffo e battermi per la giustizia, ma vederli abbattuti come dei cani rabbiosi *era* giustizia. Mio padre li avrebbe uccisi con un colpo di fucile. Ironico, visto che era così che era stato assassinato.

«Domani mattina,» aggiunse Charlie con un ghigno per nulla divertito. C'erano – c'erano stati – anche i suoi soldi nella banca di Simms. Prima di partire dall'Inghilterra, aveva messo da parte qualcosa dalla sua vita da militare per poi aggiungervi altro denaro una volta qui, lavorando in una miniera di rame a Butte e diventandone poi in parte proprietario. Era ricco, adesso, una cosa per cui mi aveva detto di essersi battuto per tutta la sua vita. Era importante per lui, solo per il fatto di poter stare tranquillo di non rimanere mai senza cibo né un tetto. Poteva sopravvivere. Viveva a Bridgewater, aveva una casa abbastanza grande per la famiglia che avremmo avuto un giorno. Tuttavia era nostro obiettivo aggiungervi acri, allevare bestiame. Gestire un ranch tutto nostro. Una vita semplice. Nulla di più.

Forse, invece di sparare direttamente ai Grove, avrei dovuto gettarli in sella ai loro cavalli e condurli dal dottore per farli risistemare. Potevano essere buttati in galera più tardi dal momento che il giudice del tribunale non sarebbe arrivato prima di un altro paio di giorni. Sarebbero stati trovati colpevoli, non c'era dubbio. Tuttavia, potevano benissimo sanguinare lì a terra e attendere, cazzo. Avevo una cosa più importante da fare: trovare il ragazzino e scoprire perchè me l'avesse fatto venire duro. Quelle stronzate non erano normali per me.

I gemiti e le imprecazioni si affievolirono man mano che ci allontanavamo lungo la riva del ruscello fino a quando il promontorio non si abbassò andando incontro alla terra piatta. Attraversando l'acqua, svoltammo nella direzione che doveva aver preso il tiratore. Non c'erano alberi lì, niente a ostacolarci lo sguardo. Non c'era nulla di fronte a noi, se non miglia e miglia di aperta prateria. Poteva anche essere agile e rapido, ma non avrebbe potuto scomparire alla vista senza un cavallo. Charlie svoltò e tagliò lungo il brodo del promontorio fino al punto in cui doveva essersi accucciato per sparare. Per quanto fosse una giornata calda, era stata un'estate umida e l'erba era ancora alta e verde. Non potevamo non notare il sentiero calpestato che aveva preso il ragazzino e ci voltammo per seguirlo.

«È una tipa veloce, quello glielo concedo,» disse Charlie,

cavalcando rapidamente al mio fianco, ma non così velocemente da stancare i cavalli.

Mi tirai su il cappello. «Tipa?» chiesi.

Lui mi guardò inarcando un sopracciglio. Sogghignò. «La donna che ci ha appena salvati.»

Donna?

Sospirai, più sollevato di quando avevo pensato che mi avessero sparato. «Oh, grazie al cielo.»

Lui sbottò in una risata. «Per la miseria, amico. Hai pensato che *lei* fosse un *lui*, non è vero?»

«Il mio cazzo ci aveva visto giusto,» dissi, agitandomi in sella al ricordo di *lei* in piedi sopra di noi, pistola in mano. «Hai mai conosciuto una donna che indossasse i pantaloni? Non è normale per una donna, nemmeno da queste parti. E poi, siamo quasi morti. Mi è concessa un po' di clemenza.»

Sentii il calore dell'imbarazzo nelle guance. Ero lo sceriffo. Inseguivo i cattivi. Ero io a salvare le persone, non il contrario. Se non ero in grado di distinguere un uomo da una donna, era probabile che avessi perso le palle.

«È stata una fortuna per noi che si trovasse lì.» Rise, poi si grattò il mento. «Ammetto che i pantaloni mi hanno fregato, per un attimo, ma è stata la sua forma-»

«Che forma?» domandai. Non mi ricordavo le curve di fianchi femminili, il florido rigonfiamento di un paio di seni al di sotto dei larghi abiti da uomo. Eppure, mi era venuto duro comunque. Ce l'avevo *ancora* duro.

«Il suo collo lungo, la punta del mento. La sua figura flessuosa.» Guardava avanti, ma riuscivo ad intuire che se la stesse immaginando nella testa. «La mia piccola guerriera.»

Non mancai di notare l'utilizzo della parola *mia*.

«Una donna che ha le palle di sparare a due uomini a sangue freddo, che si veste come un uomo e che non ha delle curve percepibili,» commentai. Era molto scomodo stare a cavallo con un'erezione. «Perché voglio scoparmela fino a farle perdere il fiato?»

Lui mi guardò. «Perchè nell'istante in cui ha sparato quei colpi e ci ha salvato il culo, è diventata mia.»

Mi tolsi il cappello, posandomelo in grembo, e mi asciugai la fronte con la manica. Gli rivolsi un'occhiataccia.

«Nostra,» si corresse, rendendosi conto del suo errore.

Esitai. «Non pensi che sia una di loro, se la sia presa con gli altri e abbia deciso di spargli?»

Charlie fissò lo sguardo in lontananza. Ci riflettè. «Non esiste. I testimoni oculari hanno descritto il terzo uomo come un tipo tozzo. Alto.»

Annuii. «È quello che ho pensato anch'io. Non è una di loro, ma decisamente li odia per qualche motivo. Abbiamo già una cosa in comune.»

«Non è una docile signorina che elargisce falsi sorrisi tra nastri e fiocchetti,» aggiunse lui. «Nessuno di noi due vuole una donna del genere. Diamine, se l'avessi voluta, me ne sarei rimasto in Inghilterra. Questa è impetuosa, coraggiosa e poiché... cazzo, non lo so, ma provo la stessa cosa. Non vedo l'ora di spogliarla del tutto e scoprire ogni centimetro del suo corpo.»

«Non ho mai tolto i pantaloni a qualcuno prima d'ora,» ribattei io, rimettendomi il cappello in testa e spronando il cavallo ad accelerare un po' il passo.

Lei era un mistero. Un enigma. Non vedevo l'ora di scoprire tutto di lei. Chi fosse. Perché si fosse trovata lì sul promontorio. Perché avesse sparato ai Grove. Perché cazzo stesse nascondendo il fatto di essere una donna. Qualunque femmina vestita a quel modo chiaramente stava mantenendo nascosto il proprio sesso. Non voleva essere scoperta, o non voleva che si sapesse che era una *lei*.

«Quegli abiti da uomo erano esageratamente grandi. Ci scommetto quella sacca di soldi che ha ogni genere di curva da nascondere. Ricordati che se non possiamo vederle noi, non può vederle nessun altro.»

Decisamente vero. Saremmo stati gli unici uomini a vedere cosa si trovava al di sotto di quegli abiti. E la cosa non faceva che farmelo venire ancora più duro, sapere che avesse segnato il proprio destino. Era nostra.

Chiunque lei fosse.

In lontananza comparve un piccolo cottage ad una stanza, se così lo si poteva chiamare. Dilapidato e pericolosamente inclinato, sarebbe bastato un forte vento ad abbatterlo del tutto. Posto sulla riva di un piccolo ruscello – uno diverso da quello sul quale ci era stata tesa l'imboscata – mi sorprese il fatto che non fosse stato spazzato via durante una forte piena primaverile. Non c'era nulla là fuori se non miglia e miglia di aperta prateria, Simms si trovava a diverse miglia di distanza. Non vidi alcun recinto per un pascolo dei cavalli e nemmeno una latrina. Un posto bellissimo, ma solitario. Di certo non ci aveva vissuto nessuno per anni. Qualche piccolo animale, magari, o qualcuno che aveva cercato rifiugio da una tempesta... o un nascondiglio.

Rallentai, poi fermammo i cavalli ad una certa distanza. Non vedemmo alcuna donna, solamente un cavallo che brucava l'erba. C'era silenzio a parte il vento.

«Il sentiero ci porta dritto dentro,» disse Charlie, indicando dal punto in cui ci trovavamo noi fino all'erba calpestata che portava dritta alla struttura malmessa. Smontò, diede una pacca sul fianco del proprio cavallo e ne lasciò cadere le redini così che potesse brucare. «Se vogliamo avvicinarci, dobbiamo coglierla di sorpresa. Non esiste che le permetto di spararmi.»

Concordavo col mio amico. Gli unici buchi nel corpo a cui ero interessato erano i suoi. Tutti e tre, e presto li avremmo rivendicati tutti.

3

*G*RACE

Mi asciugai la fronte, ravviandomi una lunga ciocca che si era sciolta dalla treccia dietro l'orecchio. Ero inquieta. Turbata.

Invece di ricordarmi Papà e Travis che sanguinavano e si contorcevano, né i loro versi di rabbia e di agonia per essere stati colpiti da un proiettile, non riuscivo a togliermi dalla testa gli *altri* due uomini. La corporatura robusta dello sceriffo dai capelli scuri. La mascella squadrata e il torso muscoloso dell'altro. Entrambi stuzzicavano i miei sensi femminili e non mi era mai capitato prima. Non mi ero nemmeno resa conto di averne. Fino a loro.

Quei pensieri persistenti non aiutavano minimamente ad alleviare il calore che mi era montato dentro, e non c'entrava il sole forte. Mi accucciai accanto al bordo del ruscello, lasciando affondare la punta delle dita nell'acqua fresca, osservando una foglia scorrere a galla e vorticare mentre scendeva a valle. Mi chiesi dove sarebbe andata, come sarebbe stato lasciarmi trascinare dalla corrente e vedere dove mi avrebbe portata. Lontano da lì, lontano dalla vita in cui ero intrappolata.

Per quanto potevo aver sparato alla mia famiglia – e senza un briciolo di rimorso – loro erano il minore dei miei problemi. Certo, lo sceriffo adesso li stava riconducendo in città e in prigione. Il dottore si sarebbe occupato delle loro ferite e loro sarebbero stati bene, se non altro fino a quando non fossero stati impiccati. Ma Barton Finch...

Strinsi le mani a coppa, chinandomi e spruzzandomi l'acqua in viso. Ancora, e ancora, come se sarei mai riuscita a ripulirmi da ciò che aveva fatto. Da ciò che aveva avuto intenzione di fare.

Era ancora là fuori, e adesso non solo era cattivo, ma anche inferocito per essere stato battuto da una misera donna, e avrebbe voluto vendicarsi. Gli avevo tirato una ginocchiata nelle palle e lui era crollato come un sasso, per poi arricciarsi sul pavimento della sua sporca casa. Io ero corsa via quando aveva cominciato a vomitare. Non era stato il *pagamento* che si era aspettato da me. Una volta ripresosi, sarebbe andato dritto alla casa. Avrebbe saputo presto della cattura della gang dei Grove. Invece di dargli dei soldi, Papà aveva dato *me* a Barton Finch. Gli aveva detto che ero *una figa vergine da sfondare*. Non era un premio che si sarebbe fatto negare. Sarebbe venuto a cercarmi. A rivendicare il suo pagamento.

Non ne avevo dubbi. Quell'uomo era più crudele e spietato di mio padre. Odiavo la mia famiglia – abbastanza da spargarli a sangue freddo – ma avevo paura di Barton Finch. Non potevo tornare al cottage dal momento che sarebbe stato il primo posto dove sarebbe venuto a cercarmi una volta che si fosse ripreso. Non che mi interessasse affatto tornarvi. Mai più. Non c'era nulla lì per me. Nulla che avesse un valore sentimentale. Quella baracca, un luogo in cui ero già venuta in passato quando avevo avuto bisogno di restare sola, sarebbe stato il mio rifugio fino a quando non avessi vagliato le mie opzioni.

Sospirai ed estrassi un fazzoletto dalla tasca dei miei pantaloni, bagnandolo e passandomelo sulla nuca. Slacciando un bottone della mia camicia, me lo feci scorrere sulla pelle al di sopra della fascia che mi teneva i seni. Quel tessuto stretto serviva a nascondere le mie forme, ma mi rendeva anche accaldata e appiccicosa. Ero pronta a spogliarmi e farmi un bagno nell'acqua fredda, indossare gli abiti puliti che avevo infilato nella mia bisaccia assieme ad un po' di cibo che avevo preso da casa quella mattina, abbastanza da durarmi un giorno o due.

Ero al sicuro lì. Non era molto, ma non c'era nessun altro nel raggio di miglia e miglia.

O così avevo pensato.

Un rumore mi fece voltare di scatto la testa. Mi alzai all'improvviso alla vista di un uomo. Portai per abitudine la mano al fianco in cerca della mia pistola, ma non ce l'avevo.

«Cerchi questa?» Era lo sceriffo, con in mano la mia arma. L'arma di Barton Finch che gli avevo rubato. L'avevo posata assieme alla sua fondina su una grande roccia.

Con un dito, si tirò indietro la tesa del cappello, piegando la testa e squadrandomi. La sua posa rilassata mi fece pensare che non mi avrebbe sparato, ma avevo visto accadere cose più folli. Fu l'angolazione sardonica delle sue labbra, quell'accenno di sfida, che mi fece assottigliare lo sguardo.

No, non aveva alcuna intenzione di spararmi. I suoi occhi erano scuri come la notte e concentrati solamente su di me. Era lo stesso sguardo che mi aveva rivolto quando mi ero alzata sul promontorio, ma così da vicino, non potevo non notarne l'intensità sconcertante. Si trovava a soli tre metri circa da me e riuscivo a vedere i peli scuri della barba che aveva sulla mascella squadrata. La camicia azzurra si stringeva alla sua forma robusta, evidenziando l'ampiezza delle sue spalle. Con le maniche arrotolate, non potevo non notarne gli avambracci muscolosi. La stella di latta sul suo petto luccicava alla luce del sole, ricordandomi cosa fossi. La figlia degli ultimi membri della gang dei Grove. Diamine, per lui, io facevo *parte* di quel gruppo che aveva rapinato e ucciso per tutto il Territorio del Montana. Lui stesso mi aveva vista sparare a due persone a sangue freddo.

Lui era quello bravo ed io ero la cattiva. Cattiva in tutto. Cattivo sangue. Cattivo lignaggio.

Cosa ci faceva lì, però, a scrutarmi con l'intenzione di catturarmi, ma non di mettermi in galera? Mi aveva inseguita con uno scopo, avrebbe già potuto spararmi, ormai, o quantomeno mettermi in manette. Perché non farlo? Avrebbe dovuto occuparsi di Papà e di Travis, ma non lo stava facendo. Li avevano lasciati dov'erano caduti? Io avevo mirato intenzionalmente a ferirli, non ad ucciderli, per quanto se fossero stati abbandonati troppo a lungo, avrebbero *potuto* morire. Eppure, lo sceriffo non li stava portando a Simms. Era lì. Ad osservarmi.

Fu difficile non agitarmi sul posto mentre si prendeva il suo tempo a scrutare ogni singolo centimetro del mio corpo. Dopo anni di pratica, ero abituata a mantenere la pazienza e a scoprire l'umore di un uomo prima di reagire, ma non potevo più aspettare. «Cosa... che cosa volete?» chiesi finalmente, la voce lenta e calma. Molto più calma del mio cuore che batteva all'impazzata, ma balbettai comunque. Diamine.

Sospirai quando l'uomo dai capelli rossi comparve lentamente da dietro la baracca. Avrei dovuto aspettarmi anche lui, ma la bellezza dello sceriffo mi aveva decisamente distratta.

«*Noi* vogliamo ringraziarti,» disse il secondo uomo.

Tuttavia, le sue parole mi confusero, specialmente per via del suo strano accento. Mi accigliai mentre lui si avvicinava... sempre più vicino fino a quando non ebbi scampo, con l'acqua alle mie spalle e due uomini di fronte a me. «Ringraziarmi?»

Sollevai un piede per indietreggiare, poi mi resi conto che sarei entrata in acqua.

Lui sogghignò e, per l'amor di dio, giuro che il mio cuore perse un battito. Da vicino, era alto, un paio di centimetri più dello sceriffo. Pesava anche qualche chilo in più, ma erano tutti muscoli ben definiti. I suoi pantaloni erano neri, scuri, e il loro taglio non nascondeva le sue spesse cosce muscolose né i fianchi stretti. «Immagino che non tu non fossi una di quelli che hanno rapinato la banca e avessi deciso di prenderti una fetta più grande di quella che ti spettava.»

Spalancai gli occhi e lo fissai per un istante. Pensava che fossi una di loro? Ero una Grove, ma non avevo rapinato quella maledetta banca. «Cazzo, no.»

«Ci hai salvato la vita,» proseguì Hank. «Hai davvero un'ottima mira.»

«Non sbaglio mai,» replicai, constatando semplicemente i fatti. Era un'affermazione sfacciata ed egocentrica, ma era vero. «Se prendo la mira, colpisco il bersaglio.»

Lui ci riflettè. «Mi assicurerò di tenerlo a mente. Un paio di parole di ringraziamento sono il minimo che possiamo offrirti.»

Annuii, cercando di non chiedermi perché mi si stessero indurendo i capezzoli di fronte alla sua profonda voce raspòsa. «D'accordo, l'avete fatto.» Mi schiarii la gola, abbassando lo sguardo e calciando un sassolino. «Potete andare, ora.»

Quella sensazione, Dio, era nuova. Ero nervosa. Non un *brutto* nervosismo come se avessi avuto paura che se avessi fatto troppo rumore lavando i piatti, mio padre avrebbe potuto tirarmi uno schiaffo. Non un nervosismo *terribile* come quando Barton Finch mi aveva premuta contro la parete ed io avevo sentito ogni molle e puzzolente centimetro del suo corpo.

Lo sceriffo scosse lentamente la testa. «Come ha detto Charlie, è il *minimo* che possiamo offrirti. Ci piacerebbe darti di più.»

«Oh?» Mi asciugai le mani bagnate sulle cosce.

Lo sguardo dello sceriffo scese sulla mia bocca, poi ancora più giù fino al mio petto. Io abbassai lo sguardo e vidi che avevo il bottone slacciato che apriva la mia camicia più di quanto avrebbe dovuto in compagnia di altri. Il tessuto era umido in alcuni punti, ma non svelava nulla grazie alla spessa fasciatura. Forse si stava chiedendo *perché* non riuscisse a vedere nulla.

Riposò la pistola sulla roccia e si avvicinò. Chiaramente, non si preoccupava che avrei potuto in qualche modo raggiungerla e spargarli, forse perchè ne avevo avuto un'ottima occasione prima e non l'avevo fatto.

Sollevai il mento quando lui si fermò dritto davanti a me. Non disse una parola, si limitò a sollevare una mano e a togliermi il cappello. La mia treccia, che ci era stata infilata sotto, cadde giù spessa davanti alla mia spalla.

«Ehi!» dissi, cercando di riprendermi il cappello. Lui lo tenne in alto. «Ridatemelo.»

Invece di fare come gli avevo chiesto, lui lo gettò a terra alle proprie spalle. «I tuoi abiti ti nascondono bene. Mi fa piuttosto piacere scoprire che sei una donna,» mormorò. Afferrò la punta della mia treccia, le sue dita che giocherellavano con il ciuffo al di sotto del fermaglio di cuoio, fissandola come rapito.

«Oh?» domandai di nuovo, leccandomi le labbra. Non mi stava toccando a parte i capelli, eppure io lo *sentivo*.

Lui emise un verso ed io sollevai lo sguardo sul suo.

«Non mi era mai interessato baciare un uomo prima d'ora.»

Voleva... baciarmi? La risposta fu chiara, quando mi si avvicinò ancora di più, il suo corpo che premeva contro il mio, la sua bocca che si fermava a un soffio dalla mia, le sue labbra che mi sfioravano a malapena.

Sogghignò, il che lo trasformò del tutto. Delle piccole rughe gli incresparono gli angoli degli occhi, facendolo sembrare... gentile. Dimostrarono anche la sua età, forse una decina o qualche anno in più dei miei diciannove.

«Hai ragione, Charlie,» disse, ritraendosi giusto un po'. «Questi abiti da uomo nascondono le curve.»

Se io riuscivo a sentire ogni singolo centimetro duro del suo corpo, incluso – oh! – lo spesso rigonfiamento che mi premeva fermamente contro il ventre, che non era la sua pistola, allora anche lui riusciva a percepire ogni centimetro di me. Riusciva a sentire le mie curve, il fatto che, effettivamente, fossi una donna. Tutto ciò che cercavo di smorzare, di tenere nascosto.

Chinò la testa e fece esattamente ciò che voleva. Le sue labbra incontrarono le mie, me le sfiorarono delicatamente, così morbidamente... del tutto l'opposto della rozzezza dell'uomo in sè. La sua lingua saettò fuori ad accarezzarmi il labbro inferiore.

Sciocca, io feci un passo indietro, il mio piede che finiva in acqua. Col fondale roccioso, persi l'equilibrio. Invece di cadere, il grande braccio dello sceriffo mi si avvolse attorno alla vita e mi attirò a sè. Sogghignò.

Quella piega sardonica delle sue labbra mi fece imbestialire ed io lo spintonai sul petto. «Come osate.»

Fu come cercare di spostare un muro di mattoni, ma era caldo al tatto ed io riuscivo a sentire il battito del suo cuore. Era reale, un maschio in carne ed ossa.

Ad ogni modo, era proprio come qualunque altro uomo, a sfruttare il proprio vantaggio, pronto a prendersi ciò che voleva a prescindere dai miei desideri. Non appena lo pensai, seppi che si trattava di una menzogna. Se fosse stato come Barton Finch, non mi avrebbe baciata. Sarebbe stata una cosa troppo personale. Mi avrebbe palpata. Mi avrebbe gettata sulla riva erbosa e si sarebbe approfittato di me, perfino col suo amico che ci guardava.

Per quanto riguardava i miei desideri, lui *sapeva*. Forse la cosa lo rendeva un bravo sceriffo, ma sembrava che fosse riuscito in qualche a modo guardarmi e a capire che lo desideravo, che avevo bramato che le sue labbra si avvicinassero di quell'ultimo centimetro per premere contro le mie. Per baciarmi per la prima volta.

Non gli stavo opponendo resistenza perchè ce l'avevo con lui.

Ce l'avevo con *me stessa*.

Sentire il suo calore, il suo palmo bollente contro la base della schiena mentre mi stringeva a sè, il modo in cui le sue dita si erano posate pericolosamente in basso sulla mia vita, praticamente chiudendosi sulle mie natiche, mi fece piagnucolare. Mi fece quasi perdere i sensi come... una donna.

Mi rendeva debole. Mi... distraeva.

«Come osiamo? Che cosa abbiamo fatto, dolcezza?» mi chiese.

Cosa aveva fatto che potevo dirgli? *Mi avete confusa? Mi avete eccitata? Mi è piaciuto il mio primo bacio e ne voglio ancora... da entrambi?* «Voi avete... interrotto il mio bagno.»

Lui guardò il ruscello alle proprie spalle.

Lasciò andare la presa così all'improvviso che io quasi persi di nuovo l'equilibrio. Mi sentii... fredda e sola senza il suo tocco, per quanto si trovasse proprio di fronte a me.

Lentamente, lui incrociò le braccia al petto e mi fece l'occhiolino. «Non lasciare che siamo noi a fermarti.»

Il suo amico, il bellissimo uomo dai capelli rossi, venne a mettersi al suo fianco. Avrei potuto aggirarli, ma sembravano un muscolosissimo muro che mi sbarrava la strada.

«Non posso... non posso farmi il bagno con voi qui!»

Rabbrividii al solo pensiero e continuai a nascondere il mio timore e la mia confusione battibeccando. Se mi fossi finta sicura di me, magari non sarebbero riusciti a vedere oltre la maschera fino alla *vera* me, quella a cui loro facevano *davvero* effetto. Il fatto che non avessi paura di loro quanta ne avevo di Barton Finch o nemmeno della mia famiglia, ma che mi spaventavano in maniera diversa. Una maniera che mi faceva temere che potessero vedermi dentro fino all'anima.

L'uomo dai capelli rossi, quello che lo sceriffo chiamava Charlie, mi porse il sapone, la piccola saponetta che avevo posto sulla roccia accanto alla mia pistola. Mentre lo sceriffo stava ghignando apertamente, le labbra di quest'uomo si curvarono impercettibilmente verso l'alto in un piccolo sorriso. Era altrettanto divertito, ma non altrettanto... assillante. Non doveva esserlo con le azioni o le parole, comunque; il suo porgermi il sapone bastava. Era d'accordo con lo sceriffo. Non avevano intenzione di impedirmi di lavarmi.

«Perché no? Tu ci hai visto nel nostro momento più vulnerabile. Noi possiamo guardarti che fai il bagno.»

«Io vi ho *salvati* da quegli uomini,» controbattei, posandomi le mani sui fianchi. Entrambi i loro sguardi si abbassarono seguendo quell'azione.

«E noi ti salveremo da qualunque cosa potrà accaderti durante il tuo bagno,» disse Charlie. Sì, aveva decisamente un accento strano, prova che non era di quelle parti.

Strinsi le labbra, assottigliando lo sguardo. «Voi due non siete affatto dei gentiluomini.»

Loro scossero lentamente la testa e ridacchiarono.

«Non abbiamo mai detto di esserlo,» replicò lo sceriffo.

L'altro si indicò alle proprie spalle col pollice. «Però noi non siamo come la gang dei Grove. Le nostre intenzioni sono onorevoli.»

Spalancai la bocca e sbottai. «Onorevoli? *Onorevoli?* Come potete essere onorevoli se intendete guardare una donna... una *estranea* che si fa il bagno in un riscello? Nuda.» Aggiunsi quell'ultima parola per chiarire la cosa.

Entrambi sembravano confusi, ora. «Come altro potresti lavarti se non nuda?»

Roteai gli occhi ed emisi un verso acuto. Allungando una mano, afferrai il sapone che mi stavano ancora porgendo e mi avviai verso il ruscello. Solo perché l'avevo preso non significava che mi *sarei* fatta il bagno. Era solo che non riuscivo a fissare quell'uomo attraente con in mano un pezzo del mio sapone preferito. Sembrava una cosa tanto... intima.

«Molto bene. Io sono Charlie e lo sceriffo si chiama Hank,» disse l'uomo dai capelli rossi per presentarsi. «Adesso non siamo più estranei.»

Girai sui tacchi per guardarli di nuovo e rivolsi loro uno sguardo cupo ed esasperato. «Siete dei... dei bruti!»

Non lo erano affatto. Conoscevo i bruti e quei due non lo erano. Non conoscevo altro modo in cui comportarmi se non attaccare. Tirare fuori le unghie e i denti. Combattere e respingerli, anche se avesse significato che non gli sarei piaciuta, sarebbe stato *sicuro*.

Lo sceriffo gettò indietro la testa e rise.

«Cosa volete da me?» chiesi, del tutto confusa. Perché non si erano arrabbiati? Perché non mi stavano chiamando puttana, donnaccia o con altri epiteti? Per quanto mi avesse baciata, era stato molto intenso, ma non molesto. Non si era trattato di una violenza.

«Scoprire la perfezione che si cela al di sotto di quegli

orribili abiti da uomo?» chiese Hank. «A parte vedere il tuo corpo nudo che gocciola acqua? Guardare le tue mani far scorrere la saponetta sui tuoi seni? Vedere i tuoi capelli lunghi e sciolti? Scorgere la tua figa e chiederci se sia bagnata per colpa nostra o del ruscello?»

Spalancai la bocca e non ne uscì alcuna parola. Nessuna ira. Nessun rifiuto. Nessuno mi aveva mai parlato a quel modo. Barton Finch mi aveva detto cosa mi avrebbe fatto – *ti scoperò in tutti i tuoi buchi fino a quando non sarai talmente larga da essere inutile* – ma non era stato affatto come le parole dello sceriffo. Lui mi faceva sentire... desiderata.

Il modo in cui mi stavano fissando entrambi, con sguardi passionali e intensi, mi faceva rabbrividire. Mi faceva venire *voglia* di spogliarmi per loro e di lasciare che si rifacessero gli occhi. In qualche modo, ero stata io a conferirgli quell'espressione, e mi sentivo stranamente potente in un modo in cui non mi ero mai sentita.

Charlie si portò le mani sul davanti dei pantaloni e... se lo risistemò. Quando spostò la mano, io non potei fare altro che fissare. *Lì*. Sotto i suoi pantaloni scuri c'era un rigonfiamento. No... un rigonfiamento molto grande e molto palese a forma di, di... cazzo, una spranga di ferro. Puntava verso l'alto in direzione della cintura e avrei giurato che fosse cresciuto sotto il mio sguardo.

«Noi vogliamo te,» concluse infine.

«Non mi sto offrendo,» controbattei io, leccandomi le labbra. Dovevo restare vigile nel mio oppormi, nonostante quei due fossero talmente travolgenti che mi sembrava che il ruscello si stesse alzando e fosse sul punto di spazzarmi via. Prima, avevo avuto Barton Finch addosso e lui mi aveva fatta sentire sporca. Dozzinale. Inutile. E adesso, quei due volevano la stessa cosa ed io mi sentivo in maniera completamente diversa. Perché? Non capivo.

Il loro sguardo mi corse addosso. «Sì, lo vediamo. Hai

fatto tutto il possibile per nascondere il fatto di essere una donna. Perché?» mi chiese, facendo un passo avanti e poi un altro ancora.

«Non sono affari vostri,» sbottai. «Vi ho salvato la vita, voi mi avete ringraziata. Ora, potete andarvene.»

«Fare l'insolente non ti sarà d'aiuto, amore mio,» disse Charlie. Così da vicino, riuscivo a vedere che le sue sopracciglia erano di un rosso più scuro, simile al colore della barba che aveva sulla mandibola. I suoi occhi erano ipnotici, di un verde smeraldo. Ero talmente abituata a scorgere minaccia e cattiveria in un uomo quando mi guardava. Con lui, si trattava di palese interesse, non di malizia.

Lo sceriffo emise un grugnito. «Finirai solamente col farti sculacciare.»

Sconvolta... ed eccitata, io mi voltai di scatto a guardarlo, poi gli andai incontro con impeto, picchiettandogli sul petto. «Ora basta! Lasciatemi in pace, cazzo.» Lo picchiettai di nuovo – sentii quanto fosse davvero muscoloso – poi indicai ad ovest. «Salite in sella ai vostri cavalli e andatevene via da qui.»

Ero abituata a Papà che si scuriva in volto e alle vene che prendevano a pulsargli sulle tempie e sul collo. Non avevo mai alzato la voce con lui in quel modo. Avevo imparato da giovanissima che si arrabbiava in fretta quanto un fulmine che cade su una secca prateria. Non gli avevo *mai* puntato il dito sul petto. Non l'avevo mai fatto adirare di proposito.

Lo sceriffo, però... la sua espressione non mutò. Non battè nemmeno ciglio quando il suo braccio mi si avvolse attorno alla vita e lui mi attirò stretta a sè. Trasalii nel sentire il suo corpo duro. Lui mi calò i pantaloni sulle natiche. Dal momento che erano già larghi di loro trattandosi di un vecchio paio di Travis, mi scivolarono facilmente lungo le cosce, nonostante mi stessi dimenando.

La sua mano libera mi calò sulla natica in un sonoro schiaffo.

«Ehi!»

«Non è così che parla una signora,» disse lui, la voce bassa e piatta. Non stava urlando. Non era arrabbiato. Non mi stava nemmeno trattenendo in maniera aggressiva. Testai la sua presa e, per quanto non cedesse, non era dolorosa. Non mi stava facendo del male. Be', il mio sedere formicolante non era d'accordo, ma non mi aveva colpita come faceva mio padre. Quello era un altro tipo di punizione.

Con quell'unica azione sconvolgente, mi sentii allo stesso modo sbigottita e stranamente confortata.

Ad ogni modo, non avevo intenzione di cedere di fronte a nessuno dei due. A denti stretti, dissi, «Pensavo che vi sarebbe stato chiaro che non sono una signora.»

Ciò avrebbe dovuto allontanarli. Nessun uomo – né tantomeno uomini – mi avrebbe desiderata. Loro volevano un fiore delicato che rideva ed elargiva falsi sorrisi, si pavoneggiava di un cappello nuovo o del bel colore di un nuovo abito.

Lui mi sculacciò di nuovo. «Molto bene, allora non ti tratterò come tale.» Mi prese tra le braccia come una sposa a cui far varcare la soglia di casa. Invece di entrare nella baracca e stuprarmi, che era stato il mio primo pensiero, mi portò sulla riva del ruscello, si chinò e mi gettò senza tante cerimonie in acqua. Io strillai e sputacchiai alla sensazione improvvisa dell'acqua fredda, il mio sedere già indolenzito e nudo che si posava sul fondale sabbioso. Avevo le ginocchia piegate di fronte a me, la parte superiore dei pantaloni incastrata sulle cosce dopo che me li aveva calati. L'acqua non era troppo profonda, non mi arrivava nemmeno alle spalle, ma io ero bagnata e furiosa.

«Devi darti una rinfrescata, piccola lince.» Mi guardava dall'alto, le braccia incrociate nuovamente sul petto.

Mi spinsi la treccia dietro la spalla, ne sentii il lungo ciuffo bagnarmi la camicia sulla schiena e cercai di riprendere fiato.

«Avrei dovuto lasciare che vi sparassero,» dissi, il respiro affannato, le mani strette a pugno mentre sollevavo lo sguardo su di loro. Compiaciuti. E asciutti.

«Ed io avrei dovuto baciarti meglio,» controbatté lui. «Magari ti avrei addomesticata un po'.»

4

«Addomesticarmi?» ripeté lei. «Come se fosse possibile, cazzo.»

Non avevo dubbi che avesse aggiunto quell'imprecazione per semplice ripicca e cercai di non sogghignare. «Quella bocca sarebbe troppo impegnata per parlare in quel modo,» aggiunsi, fissando quella donna sporca e furente.

Cazzo, era bellissima. Energica, sicura di sé, permalosa. Era la donna meno femminile che avessi mai conosciuto, ma anche la più sbalorditiva. La più accattivante. Forse perché non aveva idea di quanto veramente femminile fosse al di sotto della sua spavalderia e degli abiti da uomo. La sua mancata scaltrezza, la sua... innocenza erano così fottutamente invitanti.

Io, Charlie Pine, della Scuola Meadowlark per Ragazzi Ostinati di Londra, Inghilterra, pensavo che una donna che indossava i pantaloni e aveva scelto – così pareva – di vivere in una baracca diroccata, fosse *Quella Giusta*. Ero cresciuto in un cazzo di orfanotrofio, non di certo il posto migliore per un bambino. Sempre affamato, sempre infreddolito in inverno, abiti logori, nessun affetto, avevo bramato una famiglia tutta mia, ma non l'avevo mai avuta. La desideravo ancora. Con una donna che portava i pantaloni, però? Diamine, mi ero sempre immaginato una docile signorina in abiti rosa con i capelli chiari e un portamento perfetto. Un affaruccio dolce.

Cazzo, guarda ora cosa voleva il mio cuore – e il mio cazzo. Una signorina insolente e coi pantaloni che sapeva sparare alle ali di una mosca e far cadere l'intonaco da una casa con le sue imprecazioni.

Il mio uccello mi stava dicendo *mia* e avevo i testicoli pieni, pesanti e pronti a svuotarsi dentro di lei. Volevo guardarla dimenarsi sul mio cazzo e indirizzare tutta quell'anima selvaggia in una bella scopata invece che in una sfuriata.

Volevo rivendicarla per sempre. Folle, sì. Perfino ridicolo. Non sapevamo nemmeno come si chiamasse. Al mio cazzo non importava e tantomeno al mio cuore.

Mi ero trovato in città con Hank quando ci era giunta voce che la banca fosse stata svaligiata. La banca con dentro i *miei* soldi. I soldi che mi ero guadagnato spaccandomi la schiena nelle profondità di una miniera di rame a Butte, per poi diventarne eventualmente coproprietario. Conoscevo il lavoro duro e infelice. Ero cresciuto senza nulla, avevo lottato per arrivare dove mi trovavo in quel momento. Ero ricco, ma non era quello che desideravo, né abiti eleganti o mobili di lusso. Non me ne fregava un cazzo di quelle cose. Volevo solamente la tranquillità di sapere che non sarei mai andato a letto affamato. Non sarei mai rimasto senza giacca o senza scarpe.

Sì, era compito dello sceriffo portare quei bastardi di

fronte alla giustizia, ma io avevo dovuto dargli una mano. Sei anni con l'esercito britannico nel piccolo paesino del Medio Oriente del Mohamir mi avevano addestrato a dare la caccia al nemico. Non esisteva che avrei permesso a quei bastardi di cavarsela, questa volta. E dal momento che avevano effettuato una rapina sotto la giurisdizione di Hank e che erano coloro che avevano ucciso suo padre, non vedevo l'ora – ed ero determinato – a esigere vendetta. Ero rimasto sorpreso, allora, quando lui li aveva lasciati a terra per inseguire *lei*. Ogni sua singola azione dalla morte di suo padre era stata guidata dal desiderio di fare giustizia. Diamine, se non altro, avrebbe dovuto andare a caccia del terzo membro del loro pericoloso gruppo. Fuori due, ne rimaneva solamente uno. Da qualche parte.

Non era stata la loro prima rapina. Avevano colpito Bozeman, poi Travis Point, Millerton, Riverdale e adesso Simms. Avevano rapinato tutta la sezione meridionale del territorio, rubando soldi a molta più gente che non solo a me. Ucciso più cari che non solamente il padre di Hank.

Ero scuro che Hank sarebbe stato il primo ad ammettere che eravamo stati stupidi a cavalcare dritti fino a quella curva sotto il promontorio, facendoci praticamente beccare a braghe calate col cazzo in mano. Non mi ero mai aspettato che i Grove avrebbero indugiato così vicini alla città, che si sarebbero voltati ad attendere per far fuori chi gli stava dando la caccia come dei coyote in un pollaio. Tutte le altre volte, se n'erano andati coi soldi per poi fuggire fino a qualunque tana in cui vivessero. Ma tenderci un'imboscata portava la loro malvagità a tutto un altro livello. Non avevano voluto solamente i soldi, avevano voluto anche uccidere.

Non avevano coscienza. Nessuna moralità di alcun genere. Dovevano essere abbattuti come i cani rabbiosi che erano.

Eppure, non eravamo stati noi a farlo. Era stata *lei*.

Ci aveva salvati... chiunque diamine *lei* fosse. Aveva una mira perfetta, perfino da lontano. E cazzo se non era stato eccitate. Non c'era dubbio nella mia testa che se avesse voluto quei due uomini morti, sarebbero mangime per avvoltoi, ora. Invece, si era assicurata che venissero feriti abbastanza da non essere in grado di fuggire. Diamine, non potevano nemmeno alzarsi. Una ferita da arma da fuoco, la prigione e un cappio al collo erano un destino infelice. Lei conosceva quegli uomini? Li odiava a tal punto da volere che soffrissero? O si era semplicemente trovata in cima a quel promontorio a raccogliere fiori di campo e le era capitato di assistere ai nostri guai e aveva avuto fortuna sparando con la pistola?

L'ultima opzione era altamente improbabile. I suoi spari non erano stati un colpo di fortuna, era stata bravura.

Avremmo dovuto occuparci dei Grove e delle loro ferite, ma avevamo recuperato i soldi che avevano rubato. Potevano soffrire per un po', come avevano fatto soffrire altri. Quella donna era un mistero che desideravo risolvere. Cazzo, era più di quello. Uno sguardo su di lei in cima al promontorio e avevo capito in quel preciso istante che sarebbe stata nostra. Io ed Hank l'avremmo rivendicata insieme. Lui poteva anche non essere stato nel Mohamir a aver scoperto assieme a me la loro usanza di due uomini che rivendicano una donna assieme, ma viveva a Bridgewater e lo vedeva in prima persona con le altre coppie. Kane ed Ian con la loro Emma. Mason e Brody con Laurel.

Sì, anche Hank la voleva. Era un bene, dal momento che era chiaro che le servissero due uomini per addomesticarla.

Per quanto riguardava quei due membri della gang dei Grove, li avremmo ritrascinati in città... prima o poi. A giudicare dai poster dei ricercati, sembrava che fossero stati Marcus e Travis a beccarsi una pallottola e a star sanguinando. Ciò lasciava ancora latitante il terzo membro. L'avremmo trovato, ma non quel giorno.

In quel momento, c'era *lei*. Proprio lì, cazzo, e non avevo intenzione di farmela sfuggire da sotto il naso. I suoi capelli, di un castano scuro, erano raccolti in una lunga treccia lungo la schiena. Un qualcosa a cui un uomo poteva aggrapparsi, mentre se la prendeva da dietro. Un'aureola di morbidi riccioli che si erano sciolti le erano appiccicati alla pelle umida o riflettevano la forte luce del sole, mostrando riflessi rossi e oro. Aveva un aspetto un po' scompigliato, come se fosse stata scopata un paio di volte. Ero stato in grado di distinguere il suo sesso quando si era trovata in alto sopra di noi sul promontorio, perfino con indosso i suoi orrendi abiti. Il mio uccello semplicemente l'aveva saputo.

Da vicino, il profilo del suo collo era delicato, perfino l'arcata delle sue sopracciglia. Le sue labbra, quando non erano arricciate in una smorfia o un'espressione corrucciata, erano piene e tinte di un'adorabile sfumatura di rosa. Ciò mi faceva domandare se anche in altri punti fosse altrettanto rosea.

Il mio sguardo si abbassò sulla sua camicia, bagnata e trasparente. Riuscivo a vedere un accenno del suo ventre pallido nell'acqua cristallina, ma indossava qualcosa al di sotto della camicia che le copriva i seni, e non si trattava di un corsetto. Non si riusciva a scorgere nemmeno la minima curva. Era il fatto che i suoi capezzoli, che dovevano essere duri come una roccia per via dell'acqua fredda, non fossero visibili che mi fece pensare che il suo corpo fosse nascosto sotto a più che una semplice camicia e dei pantaloni da uomo.

Ed io volevo scoprirlo. Volevo scorpire ogni singolo centimetro segreto del suo corpo. Per quanto alle donne venisse insegnato di tenere nascosti i loro corpi e la loro virtù fino a dopo il matrimonio, lei stava esagerando. Dubitavo che si trattasse, peraltro, di motivi di modestia.

Allora perché?

Chinandomi in avanti, le porsi la mano. «Forza, amore. Fuori da lì.»

Lei sollevò lo sguardo su di me, poi sulla mia mano, riflettendo. Una mossa astuta, perchè per quanto volessi aiutarla ad uscire dall'acqua, la volevo anche avere di fronte a me così da poter finire di levarle quei pantaloni e tutto il resto che aveva indosso. La volevo nuda.

Come aveva detto Hank, non eravamo gentiluomini. Dopo ciò che era quasi successo, mi era stato ricordato che la vita era breve e che avremmo dovuto prenderci ciò che volevamo, trovare piacere e felicità dove potessimo. Sapevo che avremmo trovato entrambe le cose con lei, non solo in quel preciso istante, ma per il resto delle nostre vite.

Lei allungò un braccio – sapevo che davvero non aveva paura di noi – ed io presi la sua mano bagnata nella mia, tirandola per poi aiutarla a salire sulla riva morbida di fronte a me, l'acqua che le colava via di dosso. Con la mano libera si teneva l'orlo dei pantaloni, cercando di sollevarseli sulle natiche. Zuppa com'era, non ci stava riuscendo più di tanto. Sfortunatamente, noi non riuscivamo a cogliere più che un piccolo accenno del suo sedere pallido dal momento che il retro della sua camicia – maledetto l'uomo a cui l'aveva rubata – era lungo.

Allungai una mano per aiutarla, ma lei me la cacciò via.

«Vuoi tornare in acqua?» le chiese Hank, e per quanto lei smise di opporsi a me, lo fulminò con lo sguardo.

«A prescindere da quanto voglia toglierti questi abiti di dosso,» le dissi, sollevandole i pantaloni sui fianchi ampi. «Te li sto rimettendo.»

Lei sollevò lo sguardo su di me attraverso le ciglia, chiaramente diffidente. Perfino sorpresa. «Perché?»

«Perché?» le feci eco. «Perché te li sto rimettendo addosso o perché voglio toglierteli?»

Lei strinse le labbra e ci riflettè. «Entrambe le cose, immagino.»

«Perché quando ti spoglieremo, ti vogliamo trepidante e disponibile, non scontrosa.»

«Io sono...» Stava per dire altro, ma poi chiuse la bocca. Sollevò lo sguardo su di me leggermente confusa. Non ci desiderava, eppure ci voleva.

«Disponibile?» le chiesi, scrutandola. Non me la sarei scopata, ma volevo farle pressione per vedere quanto fosse effettivamente riottosa. Dal momento che la mia mano posava sul suo fianco, mi fu facile fargliela scendere dentro la parte anteriore dei pantaloni per vedere esattamente quanto fosse disponibile.

Lei trasalì e mi strinse le mani attorno al polso, cercando automaticamente di indietreggiare perchè l'avevo sconvolta. Un uomo di solito non infilava le mani nei pantaloni di una donna – non che ci fossero donne che li indossavano.

Tuttavia, nell'istante in cui trovai il suo centro, trovai le sue labbra calde, bagnate e morbide come la seta, lei trasalì e poi si immobilizzò. Mi continuò a stringere l'avambraccio, ma non stava più cercando di respingermi.

«Sei vogliosa,» le dissi, abbassando lo sguardo sull'espressione sorpresa sul suo volto. Quando trovai il suo clitoride, tutto duro e gonfio per me, lei arrossì e il suo sguardo si ammorbidì. Si annebbiò. Un gemito strozzato le sfuggì dalle labbra.

Le insinuai un dito dentro. Era così fottutamente stretta. Si sollevò sulla punta delle dita dei piedi quando la penetrai, ma non andai oltre la prima nocca, tanto era stretta.

«Una piccola scopata con le dita e sarai disponibile.» Mi tirai fuori, girai in circolo attorno alla sua apertura ormai gocciolante, poi mi spinsi di nuovo dentro. Scrutandola, osservai ogni sua variazione di emozioni, dalla sorpresa al piacere, al risveglio. Cazzo, era perfetta.

«Come ti chiami?» le chiesi, accarezzandole delicatamente il clitoride col pollice mentre continuavo a farle scivolare solamente parte del mio dito dentro e fuori dalla figa.

«Grace!» gridò lei, i fianchi che ondeggiavano nella maniera più carnale possibile solo per via di quella leggera carezza.

Grace.

Si accasciò nella presa di Hank. Tutta la rigidità e permalosità di prima scomparvero di fronte ai primi impeti di passione. Invece di battute taglienti, tutto ciò che sfuggì alle sue labbra furono versi di desiderio.

Era incredibilmente reattiva, così sensibile che ero sicura di poterla portare all'orgasmo nel giro di pochi secondi.

Tuttavia, a prescindere da quanto il mio cazzo bramasse levarle quei pantaloni, gettarla sul terreno morbido e sfondarle quella figa vergine, non l'avrei fatto.

Non a quel modo. Oh, lo voleva, ma solo perché era una cosa nuova. Lei non voleva *noi*. Diamine, aveva ragione. *Eravamo* estranei e per quanto noi sapessimo di volercela tenere per sempre, lei non ne era a conoscenza. Fino a quando non fosse venuta da noi implorandoci e supplicandoci di riempirla, ci saremmo astenuti dal rivendicarla in alcun modo. Ciò non signficava che non avessimo intenzione di tenercela, ma mi sarei fermato. Per il momento.

Tra me, gemetti quanto estrassi il dito da dentro di lei, dai suoi pantaloni. Portandomelo al naso, inalai il suo profumo muschiato; dopodiché mi succhiai il dito per pulirlo mentre lei mi guardava.

Dolce. Appiccicoso. Come un frutto selvatico pronto per essere colto.

E se noi dovevamo starne senza, sarebbe stata senza anche lei.

«Andiamo, dolcezza,» disse Hank, la voce roca per via del desiderio. «Prima arriveremo a Bridgewater, prima potremo occuparci di quella figa.»

A quel punto lei si irrigidì, ricordandosi di chi fosse, del fatto che non le piacessimo.

«Col cazzo.» Si portò una mano ai pantaloni come se sapesse che se mi ci fossi infilato le avrei potuto far cambiare idea. «Io resto qui.»

Ah, era tornata la signorina ribelle. Non faceva che dimostrare che accarezzarle la figa la trasformava da una lince selvaggia in una micina. Semplicemente non avremmo dovuto fermarci.

Hank guardò il cottage a malapena in piedi. «Qui? Questa baracca? Non esiste, dolcezza. Tu vieni con noi.»

Col cazzo che le avrei permesso di restare lì. Non solo quella baracca sarebbe potuta crollare in qualunque momento, ma non avevo intenzione di vederla vivere a quel modo, nemmeno per una notte. Si meritava un letto soffice, degli abiti ancora più soffici e un pasto caldo, non qualunque suola di scarpa avesse nella bisaccia che sarebbe servito solamente ad alleviare temporaneamente il fastidio di una pancia vuota. Dove avrebbe trovato altro cibo? Diamine, dove sarebbe andata quando si fosse messo a piovere, quando avrebbe fatto freddo? Col cazzo che l'avremmo lasciata lì.

Lei inarcò un sopracciglio scuro, mentre sollevava lo sguardo su di lui. «Mi state arrestando? Non ero io che stavo cercando di uccidervi. Io vi ho *salvati*.»

«Non ti stiamo arrestando,» controbatté lui con un sospiro. Sapevo cosa stava pensando. Dovevamo proprio scegliere la donna più ostinata del territorio come nostra. Era ciò che volevo e non avevo intenzione di lasciarla andare. Col cazzo. «Ti riportiamo a Bridgewater.»

Lei si accigliò, poi sbuffò. «Che cosa vuol dire, poi?»
«Non lo sai?» le chiese Hank.

Quando lei fu sul punto di continuare a battibeccare riguardo a Dio solo sapeva cosa, io ne ebbi abbastanza. Andai da lei, mi chinai e me la gettai in spalla.

«Mettetemi giù, cazzo!» mi urlò contro la schiena. Sogghignai, mentre mi avviavo verso i cavalli, sculacciandola.

«Tu sei nostra, Grace,» le dissi, dandole un'altra sculacciata. Cazzo, era una bella sensazione. Non solo il suo culo sodo, ma anche sculacciarlo. «Bocca sporca, figa bagnata e tutto il resto. Ti abbiamo rivendicata.»

———

GRACE

NON AVEVO MAI CONOSCIUTO DUE UOMINI CHE MI confondessero più di loro. Mi irritavano al punto da portarmi ad una frustrazione di proporzioni epiche. Mi irritavano anche al punto da farmi scoprire una nuova eccitazione. Non li capivo. Non avevo idea di come comportarmi o come agire. Non avevo idea di cosa fare con loro, che cosa dire, specialmente quando Charlie si incaricò di gettarmi in spalla e portarmi via. E di parlare della – e di toccare – la mia figa come se appartenesse effettivamente a lui.

Papà, Travis, perfino Barton Finch. Quegli uomini li capivo. Erano guidati dall'egoismo e dall'avidità. Dall'odio. Conoscevano la giustizia, ma per loro non brillava come la stella dello sceriffo. Era sporca e per i deboli. Io ero cresciuta con quel punto di vista e dovetti chiedermi come avevo fatto a non finire come loro. In qualche modo, avevo riconosciuto i guai quando mi ci ero trovata, riconoscevo ciò che era giusto da ciò che era sbagliato. Il bene dal male.

Tuttavia, ciò non significava che questa cosa avesse senso per me. Non significava che *loro* avessero un senso.

Charlie mi aveva rimessa in piedi di fronte al mio cavalo, si era perfino offerto di aiutarmi a salirvi in groppa, cosa che ovviamente io rifiutai con un'occhiataccia letale. Non era servita ad altro che a farlo sogghignare e a rimediarmi un occhiolino. Mi sentivo quasi più nuda in quel momento senza la mia pistola e la fondina in vita, entrambe ormai in possesso di Hank.

Poco dopo, ci eravamo allontanati a cavallo dalla baracca diretti a Bridgewater, ovunque cazzo fosse. Il sole mi asciugò in fretta, ma ciò non mi mise affatto più a mio agio. Cosa dovevo dire a due uomini che avevo salvato da morte certa, eppure che mi avevano sculacciata e – come l'aveva chiamato Charlie – scopata con le dita? Specialmente visto che mi era piaciuto. Un uomo, che metteva le sue dita lì... era stato incredibile. Come avevo fatto a non saperlo? Dio, cosa c'era che non andava in me?

Dal momento che non ne conoscevo la risposta, rimasi in silenzio, mentre passavamo per Simms quel tanto che bastava per restituire la sacca di soldi rubati ad un agente affinchè la riportasse alla banca, poi per mandarne un altro assieme al dottore locale a recuperare Papà e Travis. Ero felice che non fossimo noi gli addetti a quel compito. Charlie e Hank non sapevano che ero una Grove – mi avrebbero gettata in galera su due piedi se l'avessero saputo – ed io intendevo tenere le cose a quel modo. Non esisteva che Papà e Travis avrebbero tenuto la bocca chiusa riguardo a chi fossi, specialmente dal momento che gli avevo sparato.

Una volta in sella al mio cavallo, mi ero presa del tempo per pensare. Discutere con loro non funzionava. Non desistevano. Diamine, sembrava che la cosa li divertisse. Ero stata io a finire col culo nel ruscello e non volevo che si ripetesse. Cosa più importante, il loro strano interesse nel rivendicarmi mi offriva l'unica cosa che ancora dovevo risolvere per conto mio: un luogo sicuro in cui nascondermi.

In quanto Grove, l'ultimo posto in cui Barton Finch mi avrebbe dato la caccia sarebbe stata la casa dello sceriffo stesso. Sarebbe stato stupido anche solo a passarci accanto, figuriamoci a bussare alla sua porta e chiedere di me.

Per quanto non avesse preso parte alla rapina alla banca di quella mattina – aveva avuto intenzione invece di portarmi a letto, consenziente o meno – era un fuggitivo, ricercato dalla legge per altri crimini come rapine alle diligenze e omicidio. L'unica cosa che impediva allo sceriffo di acciuffarlo e mettergli un cappio attorno al collo ero... io. Sapevo dove viveva, ma non esisteva che sarei tornata lì. Non avevo intenzione di avvicinarmi minimamente a quell'uomo un'altra volta. Mi veniva la nausea al solo pensarci.

Per cui avrei trascorso un po' di tempo con Hank e Charlie. Non sarebbe stato così spiacevole, se non altro non per gli occhi.

Per quanto riguardava il resto del mio corpo... Mi agitai sulla sella, la sensazione pulsante che Charlie mi aveva suscitato quando mi aveva toccata in maniera tanto intima non era svanita. In effetti, era peggiorata.

Diamine, ero nei guai.

Avevamo cavalcato in un silenzio piuttosto affabile, lasciando che i nostri cavalli proseguissero autonomamente mentre il sole si dirigeva lentamente verso la punta delle montagne ad ovest. Mi persi un po' nella sensazione della mia figa, mentre sfregava contro il cuoio duro della sella. Non mi aveva mai fatto quell'effetto, non fino a quei due. Fino a quando Charlie non mi aveva toccata. Adesso... adesso volevo ondeggiare i fianchi e sentire... di più.

Mi schiarii la gola. «Non... non volevate arrestare quegli uomini, portarli in città e metterli in prigione voi stessi?»

Lo sceriffo, che cavalcava accanto a me, girò la testa. Si tirò su il cappello e mi scrutò. «Ho ottenuto ciò che volevo, oggi.»

Mi accigliai, insicura di cosa intendesse. Voleva dire me? Aveva detto che avevano avuto intenzione di rivendicarmi, qualunque cosa significasse. O voleva dire che si accontentava del fatto che fossi stata io a sparare a quegli uomini che avevano svaligiato la maggior parte del Territorio del Montana e che sarebbero finiti in galera entro sera a prescindere di chi si sarebbe preso la briga di trascinarli nuovamente in città?

Mi confondeva infinitamente. Specialmente adesso che non stava cercando di irritarmi.

Lo sceriffo mi aveva sculacciata. Sul culo nudo, per di più. E mi aveva fatto male da morire, ma quel bruciore si era tramutato in fiamme. In calore. In una strana e sorprendente voglia. In quel momento, avevo detestato quell'uomo, ma allo stesso tempo, avevo desiderato saltargli in braccio e baciarlo fino allo sfinimento.

Era la più strana combinazione di sensazioni. Poi lui mi aveva gettata nel ruscello. Quel bastardo. L'acqua fredda aveva smorzato qualunque traccia di interesse avessi provato.

Non era stato lo sceriffo a scaldarmi subito dopo, però. Era stato Charlie che mi aveva sconvolta infilandomi la mano nei pantaloni. Barton Finch aveva cercato di fare la stessa cosa, prima, ma si era beccato una ginocchiata nelle palle.

Charlie si era beccato un piagnucolio e un gemito, praticamente gli avevo cavalcato la mano. Barton non mi aveva infilato un dito dentro, per fortuna, ma dubitavo che mi avrebbe fatta sentire come aveva fatto Charlie. Eccitata...

come un fuoco liquido. Una voglia, forte e improvvisa, mi aveva spinta a cavalcare il suo dito come un cavallo selvaggio.

Avevo perso la testa.

No, quando aveva estratto il dito e se l'era leccato – leccato! – lì avevo decisamente perso la testa. Avevo voluto che me lo infilasse dentro di nuovo! Avevo voluto una cosa che sembrava che solo lui potesse darmi. Non sapevo cosa fosse, esattamente, ma sapevo di desiderare ancora il suo tocco, ancora, perfino, una sculacciata da parte dello sceriffo.

Cazzo, mi piacevano le loro attenzioni, nonostante non le capissi.

Avrei mantenuto un profilo basso e avrei cercato di capire cosa fosse meglio fare con Barton Finch in quel luogo chiamato Bridgewater assieme a loro. Avrei perfino potuto permettergli di toccarmi ancora un po'. Perchè se solamente la punta del suo dito mi aveva fatta sentire come se il Paradiso fosse stato in Terra, allora gli avrei permesso di farlo di nuovo. Perchè lo spostamento costante della sella contro la mia figa non era abbastanza.

Più di un'ora più tardi, raggiungemmo una casa situata al fondo di un piccolo pioppeto. A confronto con la baracca, quel luogo era la villa di un re del rame. Era a due piani, realizzata in legno con un caminetto in pietra fluviale. Era... adorabile. Pulita, appena dipinta di un bianco frizzante. C'erano perfino le serrande alle finestre. In confronto a dove mi ero svegliata quella mattina e dove avevo trascorso i miei ultimi diciannove anni, quella era... una casa. Un luogo in cui dei bambini – bambini veramente desiderati – potevano prosperare e crescere.

Se dovevo nascondermi da Barton Finch, quello sarebbe stato un posto confortevole in cui farlo. Non mi avrebbe trovata lì. Non c'era alcun legame tra me e Hank o Charlie. Non li avevo mai nemmeno conosciuti prima di quel giorno. Quel posto, Bridgewater, si trovava lontano dalla città e nella direzione opposta rispetto al cottage della mia famiglia e anche dalla casa di Barton Finch. Mi sentivo al sicuro, lì. Mi sentivo come se avrei potuto restarci per sempre. Tuttavia, quella era un'idea ridicola. Io ero la donna che portava i pantaloni. La donna che imprecava come un minatore ubriaco.

«Se voi siete lo sceriffo, perché non vivete in città?» chiesi, spostando lo sguardo dalla grande casa di fronte a noi all'uomo che era appena smontato da cavallo.

«Perché non era nei miei piani fare il poliziotto. Io sono un rancher.»

Io scesi da cavallo, dandogli una pacca sul fianco sudato.

«Ma i Grove hanno ucciso mio padre.»

Trasalii, voltandomi di scatto, la treccia che mi colpiva la schiena come una frusta. Il cuore mi batteva forte nelle orecchie ed io riuscii a malapena a sentire che cosa disse dopo.

«Era il vecchio sceriffo, ucciso in servizio, per cui ho preso il suo posto per portarli di fronte alla giustizia.» Aveva la mascella serrata, lo sguardo assottigliato e il corpo teso mentre sistemava la propria sella.

Cazzo. *Cazzo*. L'inverno precedente avevo sentito Papà dire di aver sparato ad un poliziotto, ma non avevo saputo chi fosse. Non avevo nemmeno saputo che fosse morto.

«Allora...» La mia gola sembrava fatta di sabbia e dovetti deglutire forte. Sbattei le palpebre per scacciare delle lacrime improvvise. «Mi... mi spiace per vostro padre. Capisco perché li abbiate lasciati laggiù, ma... ma non volevate assicurarvi che finissero dietro le sbarre? Vederli impiccati?»

Charlie mi tolse le redini del mio cavallo dalle mani intorpidite. «E tu?» mi chiese piano.

Quelle due parole mi sembrarono un'arma carica puntata alla mia testa con determinazione. Voleva sapere perchè gli avessi sparato. Non potevo dire loro la verità, che fossi Grace

Grove e che la mia famiglia avesse ucciso il padre di Hank. Mi avrebbero gettata in galera per essere stata in qualche modo complice o mi avrebbero cacciata via dai loro terreni. A quel punto sarei tornata alla baracca e avrei sperato di riuscire ad evitare Barton Finch.

No, sarei rimasta lì il più a lungo possibile. «Vi avrebbero sparato,» mi limitai a rispondere.

Era vero. Se non gli avessi dato la caccia una volta sfuggita a Barton Finch, se non li avessi trovati *in quel preciso istante*, Hank e Charlie sarebbero stati assassinati. Avevo avuto la mia occasione; avevo avuto il mio odio, e li avevo sfruttati entrambi. Avevo salvato due brav'uomini, mentre cercavo giustizia per due malvagi. Mentre prendevo la mira e facevo fuoco, ottenendo giustizia per *me*, mi ero resa conto che c'erano molte altre persone che avevano subito le loro conseguenze. Come Hank.

Non ero sicura che Charlie mi avesse creduto, ma non fece ulteriori pressioni. Io guardai Hank, in attesa che rispondesse alla mia domanda. Una cosa per me era trovarmi lì con loro, al sicuro da Barton Finch, ma mio padre aveva ucciso il suo. Se l'avesse saputo...

«Otterranno giustizia.» Si tolse il cappello, paralizzandomi con uno sguardo. «Ed io otterrò te.»

5

𝒢RACE

«Immagino vorrai farti quel bagno che ti abbiamo negato,» disse Hank, togliendosi il cappello.

Fissai le ciocche scure che erano rimaste nascoste fino a quel momento. Per quanto i suoi capelli fossero mossi e gli ricadessero in maniera quasi dissoluta sulla fronte, non erano selvaggi come i miei. Sembravano setosi e mi domandavo che sensazione mi avrebbero dato avvolti attorno alle mie dita. Adesso riuscivo a vedere la sua fronte marcata. Aveva la pelle abbronzata dal sole e piccole rughe agli angoli degli occhi. Sembrava troppo serio perché potesse trattarsi di rughe del sorriso, ma non pensavo che avesse un'espressione tanto intensa sempre. No?

Ero ancora presa da ciò che aveva detto prima. *Ed io otterrò te.* Che cosa significava? Lui non mi voleva, di sicuro.

Finalmente annuii, ricordandomi che era in attesa di una risposta.

Gli offrii un sorriso educato. «Sì, vi ringrazio.»

«Allora noi porteremo i cavalli nelle stalle per farli strigliare e nutrire, mentre tu ti lavi.»

Guardai Smoky, il mio cavallo, l'unica vera cosa di valore che avessi... e a cui tenessi. Charlie gli diede una pacca sul collo ed io fui sollevata nel sapere che si sarebbero presi cura di lui. Papà e Travis non avrebbero fatto del male a nessuno dei nostri cavalli perché erano troppo pigri per camminare. Ciò non significava nemmeno, però, che l'avrebbero trattato nel modo migliore possibile.

Recuperai la mia bisaccia e me la gettai in spalla. «Di nuovo, vi ringrazio.»

Charlie indicò la porta d'ingresso. «Tutto ciò che ti serve è in casa.»

Dio, erano così gentili. Non si aspettavano che cucinassi per loro, non si aspettavano che facessi altro a parte prendermi cura di me stessa. Si stavano occupando loro di strigliare, nutrire e abbeverare i cavalli.

Li guardai condurre via gli animali, concedendomi del tempo per osservare quei due uomini. Le spalle ampie, i sederi sodi, le loro cosce muscolose che si flettevano sotto i pantaloni. Perfino la loro andatura a passo lungo. In qualche modo, avevo attirato la loro attenzione. Be', sapevo *in che modo*, ma non ero esattamente sicura del perché. Avevo sparato a due uomini per loro, d'accordo. Non è che mi fosse costato un gran sforzo. Gli avevo detto che centravo sempre il bersaglio. Ero felice di essermi trovata lì proprio in quel momento. Il pensiero che venissero uccisi da Papà e Travis mi fece imprecare tra i denti.

Il cuore mi si strinse per la consapevolezza che avessero ucciso il padre di Hank. Potevo solamente immaginare che tipo di uomo fosse stato, dedito alla legge e in cerca di giustizia, proprio come suo figlio. Non potevo biasimare Hank per aver ripreso la cattura della gang dei Grove da dove l'uomo più anziano l'aveva lasciata.

Mi sentivo in colpa per essere una di loro. Io *conoscevo* Papà e Travis. Vivevo con loro. Sapevo dove trovare Barton Finch. Sapevo come porre fine a tutta quella storia per lui. Sapevo come permettergli di passare il lavoro da sceriffo a qualcun altro così da poter fare di nuovo il rancher. E glielo stavo impedendo. La donna che si era portato in casa, cui stava permettendo di farsi un bagno in tranquillità... Non dissi una parola.

Se fossi stata un uomo, mi avrebbero comprato un bicchiere di whiskey al saloon. Tuttavia io ero una donna e loro avevano detto di avermi rivendicata. Adesso, eccomi lì a Bridgewater.

Vidi altre case piuttosto in lontananza, un fienile e un paio di altri edifici. Quei terreni appartenevano tutti a loro? Si trattava di un unico grande ranch? Ero da sola e le risposte avrebbero dovuto attendere.

Entrai. Le stanze erano ampie e luminose, le pareti dipinte dello stesso bianco dell'esterno. Sotto i miei piedi c'erano delle assi di legno lucido. C'era un grande caminetto, adesso spento, in una delle stanze che attraversai. Era ben arredata, con ricchi velluti morbidi sotto la punta delle mie dita. Legno liscio. Tutto era ben tenuto e immacolato.

Era chiaro che Hank e Charlie fossero benestanti. Quella non era la casa di una famiglia povera. Lo sapevo bene. Feci il giro del piano terra e mi imbattei nella cucina. Non c'erano piatti sporchi in giro, nessuna puzza di cibo andato a male. il tavolo era pulito e non c'erano briciole a terra. Io avevo cercato di stare dietro alle faccende domestiche, di non vivere nel lerciume e nello squallore, ma Papà e Travis avevano reso la cosa praticamente impossibile. Odiavo essere la loro schiava, ma facevo tutti i lavori di casa più per me che per loro. Non avevo voluto vivere in un letamaio. Non avevo voluto vivere con dei maiali.

E adesso non lo facevo.

Mi sentivo come in un sogno, un libro di favole che non era reale.

Eppure lo era.

Guardai fuori dalla finestra sul retro posta sopra il... era una pompa per l'acqua o un lavandino? Avevo sentito parlare dell'acqua corrente in casa, ma non l'avevo mai vista. Pompai il manico e ne uscì dell'acqua fresca. Chinandomi, ne bevvi un sorso. Mentre mi ripulivo la bocca, risi. Acqua in casa.

Attraverso la finestra sopra la pompa, vidi un ruscello in lontananza. Mi portai fuori la bisaccia passando dalla porta sul retro e mi diressi lì. Il terreno scendeva verso il ruscello e formava una piccola vallata per poi seguire il corso dell'acqua. Quando raggiunsi la riva, mi trovai di fronte ad una profonda piscina che delle ampie rocce schermavano dalla corrente forte. Aveva anche un fondo sabbioso e mi chiesi se fosse lì che Hank e Charlie andavano a farsi il bagno. La mia mente corse immediatamente a loro che si toglievano i vestiti e si sedevano nel punto in cui mi trovavo io in quel momento. Nudi, a lavarsi. Mi tolsi il cappello, asciugandomi la fronte. Ero ancora accaldata e stranamente vogliosa.

Charlie mi aveva toccata prima e, a parte l'esserne rimasta sconvolta, mi era piaciuto e dovevo ammettere a me stessa che volevo che lo facesse di nuovo. Sapevo a cosa portava perchè avevo dei parenti maschi rozzi. Tuttavia, avevo pensato si trattasse semplicemente di scopare, di infilare un cazzo in una donna. Non sapevo che ci fosse dell'altro. La scopata in sé non era più di tanto allettante, ma qualunque cosa avesse fatto Charlie a me stava bene.

Magari il ruscello mi avrebbe rinfrescato le idee e il corpo, per cui, dopo una rapida occhiata per assicurarmi di essere sola, mi tolsi gli abiti da uomo e sciolsi la fasciatura che avevo sui seni. Una volta nuda, abbassai lo sguardo sul mio corpo e vidi che avevo i capezzoli duri. Non ero nemmeno ancora entrata nell'acqua fredda. Tuttavia, i miei seni pesavano, mi pulsavano. Lo stesso succedeva più in basso, tra le mie cosce. Mi avevano fatto qualcosa, là alla baracca. Oh, mi avevano toccata, ma mi avevano anche... stregata. Volevo che mi toccassero di nuovo. Tuttavia, io non ero la tipica donna. Oh, avevo dei seni, dei fianchi e quant'altro, ma non ero femminile. Non sapevo come flirtare o sbattere le ciglia. Non mi facevo prendere dall'emozione né mi agghindavo. Sarebbero stati dei folli a desiderarmi. Di certo avevano delle donne nubili e trepidanti che gli facevano gli occhioni dolci ogni volta che andavano in città.

Sorprendentemente di cattivo umore a quell'idea, entrai in acqua. Le piene primaverili erano terminate e non era più ghiacciata. Ormai scaldata dal sole e dal bel tempo, mi dava una bella sensazione attorno ai polpacci. Attenta alle rocce lisce, mi incamminai verso la piscinetta di acqua cheta, sentendone la sabbia sotto i piedi. Mi immersi, poi mi sciolsi i capelli disfando la treccia, usando le dita per districare i nodi. Sospirai mentre mi vorticavano attorno in superficie. Mi sdraiai, galleggiando, chiusi gli occhi e mi rilassai.

―――

«COMINCIO A PENSARE CHE TU ABBIA UN'OSSESSIONE PER I ruscelli.»

Voltandomi di scatto nel sentire la voce di Hank, trasalii, mentre loro si avvicinavano alla riva, proprio come avevano fatto prima sull'altro ruscello dietro la baracca. Stessi abiti, stessi sguardi intensi, stesse espressioni compiaciute per l'avermi colta di sorpresa. Quella volta, io ero nuda e dal momento che Hank si limitò a farmi l'occhiolino, si dimostrò più che semplicemente *compiaciuto*.

Ero seduta sul fondale sabbioso. L'acqua mi arrivava sui seni, ma era talmente trasparente che non avevo dubbi che potessero vedere tutto. Mi coprii i seni con un braccio e sollevai un ginocchio, sperando di coprirmi il più possibile alla loro vista.

Ero stata io ad essere colta di sorpresa dal momento che non ero riuscita a sentire i loro passi col rumore dell'acqua corrente. Non sembrava che avessero alcuna intenzione di spararmi. Non indossavano nemmeno la cintura con la fondina. A giudicare dal luccichio focoso che avevano nello sguardo, i loro pensieri erano ben lungi dall'essere quelli.

«E io comincio a pensare che a voi piaccia cogliermi di sorpresa,» sbottai. Odiavo farmi sorprendere. Spaventare. A Papà e Travis piaceva terrorizzarmi solo per vedermi saltare sul posto. Li divertiva infinitamente.

Hank e Charlie sogghignarono, cosa che mi fece venire ancora più voglia di sbottare. Sembravano divertirsi, per quanto non mi si fossero avvicinati intenzionalmente di soppiatto. Non li conoscevo da molto tempo, ma sapevo che non erano subdoli. Non erano cattivi.

Ero più irritata dalla mia reazione che non da loro. Loro non stavano nemmeno cercando di essere... invitanti, eppure io ero attratta da loro. Solo perché se ne stavano lì in piedi così grandi e grossi. Poi, ovviamente, ripensai a ciò che mi avevano fatto in piedi sulla riva del ruscello dietro la baracca.

Non avevo un'ossessione per i ruscelli, ma sembravo cominciare ad averne una per quei due uomini e per ciò che potevano fare le loro mani. Avevo pensato che l'acqua mi avrebbe rinfrescato le idee, ma guardandoli adesso... no.

«C'è una vasca di rame in casa,» Hank indicò col pollice alle proprie spalle in direzione dell'abitazione.

Una vasca di rame. In casa.

«C'è?» chiesi. «Io... non l'ho vista.»

«Si trova dietro la stufa in cucina. Dove si tengono di solito.»

Ah sì? Noi non avevamo una vasca e, se l'avessimo avuta, non riuscivo ad immaginarmi a spogliarmi e a lavarmici dentro. Mi sarei sentita terribilmente vulnerabile e la cosa non mi piaceva, non quando si trattava della mia famiglia.

Avevo usato una semplice bacinella di acqua calda che scaldavo sulla stufa e uno straccio, lavandomi rapidamente in camera mia. Mi lavavo i capelli quando c'era un po' di acqua calda in più e quando Papà e Travis non erano nei paraggi. In estate, sgattaiolavo fino alla baracca e mi lavavo nel ruscello.

Quello, e questo posticino sulla loro proprietà che era una piacevole sorpresa.

Una vasca di rame, però?

«Oh, be', io non... non sono abituata a un tale lusso.»

«E noi non siamo abituati al lusso di avere *te*,» commentò Charlie. Il suo sguardo non incrociò il mio, ma era concentrato più in basso. «Nuda.»

«Hai finito, dolcezza?» mi chiese Hank, la voce priva di quel tono tagliente cui ero abituata.

Io annuii, ma non mi mossi.

«Esci, allora.»

«Non con voi due piazzati lì.»

«*Specialmente* dal momento che noi siamo piazzati qui,» ribatté Charlie. «Porteremo a termine ciò che abbiamo iniziato prima.»

Hank annuì. «Ti piacerebbe, non è vero? Riavere le dita di Charlie sulla tua figa?»

«La mia bocca, questa volta,» lo corresse lui.

La sua... bocca? Lì? Perché?

«Ho avuto solo un piccolo assaggio, prima. Ho il suo sapore sulla lingua da allora e ne voglio ancora. Forza, amore mio. Dammi ancora un po' di quella dolce figa.»

La Sposa Spericolata

Non ero sicura se mi fossi dovuta sentire sconvolta o trepidante. Erano passate ore... *ore* da quando li avevo conosciuti, eppure eccomi lì a riflettere se permettergli non solo di vedermi nuda, ma anche di lasciare che Charlie mi posasse la bocca tra le cosce. Non sarebbe stato come Barton Finch, me l'avevano dimostrato prima. Loro volevano *darmi* piacere, non prenderselo.

Ad ogni modo... dovetti dire, «Non si tratta di un pagamento per il mio restare qui con voi.»

Charlie spalancò gli occhi e Hank li assottigliò, stringendo la mascella. Entrambi trassero dei respiri profondi e non risposero subito.

«Non sono sicuro se dovrei sculacciarti di nuovo per aver pensato tanto male di noi, o stringerti tra le braccia sapendo che qualcuno ti ha fatto qualcosa che ti abbia fatto dire una cosa del genere.» Hank si passò una mano tra i capelli, sollevandone le ciocche in ogni direzione come se si fosse appena alzato dal letto. «Cazzo, dimmi chi è che ti ha fatto del male e andremo subito a sistemare la questione.»

Lui sarebbe... sarebbe andato a caccia di Barton Finch per me?

«Divorerò quella figa perché lo voglio. Voglio te.» Charlie si prese l'uccello. «Vedi questo? È per te. Io voglio *te*.»

«Perché io? Ve l'ho detto, non sono una signora.» Forse voleva semplicemente un buco in cui bagnare l'uccello, proprio come diceva sempre Travis. Se così fosse stato, mi avrebbero presa alla baracca. Non avevano bisogno di portarmi fino a casa loro per farlo.

«Da quello che vediamo noi da qui, mi sembra piuttosto chiaro che tu lo sia,» disse Hank, facendomi stringere ulteriormente il braccio sul seno. Prese l'asciugamano che non avevo notato che avesse tra le mani e lo spalancò, tenendomelo aperto così che potessi entrarvi. «Esci fuori, dolcezza. Non ti faremo del male. Non ti faremmo *mai* del male.»

Li scrutai di nuovo, pazientemente in attesa. «Se non volessi farlo, mi obbligghereste?»

Hank assottigliò ulteriormente lo sguardo e se avesse stretto ancora di più la mandibola, di certo i suoi molari si sarebbero rotti. Lasciò cadere l'asciugamano a terra e girò i tacchi voltandosi verso la casa. Charlie mi fece l'occhiolino e fece lo stesso.

Lentamente, io mi alzai, poi uscii dall'acqua, afferrando il grande asciugamano e avvolgendomelo attorno. Non avevo idea se si sarebbero voltati e volevo essere il più coperta possibile. Era grande, ma di certo non offriva molto in quanto a modestia, specialmente una volta che ebbe assorbito tutta l'acqua e mi rimase appiccicato alla pelle.

«Sei decente?» chiese Hank.

«Be', io, sì, ma-»

Si voltarono.

«-i miei abiti puliti sono nella bisaccia.»

Loro mi fissarono. Cercai di muovermi e spostare l'asciugamano per coprirmi meglio, ma non servì a nulla.

6

HARLIE

Per la miseriaccia, mi avrebbe ucciso prima di sera. Chi cazzo era quella donna? Perché si era trovata su quel promontorio? Perché aveva sparato ai Grove? Perché indossava degli abiti da uomo quando quel corpo stupendo sarebbe stato bellissimo in vestiti eleganti?

«Per ogni risposta, bambola, otterrai un premio,» le dissi.

«Risposta?» L'asciugamano bianco le copriva il corpo dal rigonfiamento superiore dei seni fino a metà coscia. Il tessuto era trasparente e non nascondeva più di tanto. La sua mano teneva assieme i due lembi con una presa tanto forte da sbiancare le nocche, ma non serviva a molto a nascondere il colore dei suoi capezzoli attraverso il tessuto, la curva dei suoi fianchi, le sue gambe lunghe. I capelli le gocciolavano sulla spalla.

«Alle nostre domande.»

Ero impressionato da fatto che Hank non l'avesse ancora

interrogata. Era chiaro che stesse nascondendo delle cose, e non si trattava semplicemente del suo corpo florido. Aveva importanza? No. Io la desideravo a prescindere dalla sua storia. A giudicare dal modo in cui si comportava con degli uomini, non era mai stata con uno. Non era sposata. In effetti, si comportava come se gli uomini non le piacessero, come se magari uno si fosse spinto troppo oltre con lei. Visto il modo in cui aveva reagito al mio scoparla col dito prima, non si era trattato di stupro. Grazie a Dio. Se qualcuno le avesse fatto del male, ce ne saremmo occupati noi. Di lui. Nessuno l'avrebbe più ferita.

Mi inginocchiai di fronte a lei. Colta di sorpresa, lei fece un passo indietro., ma io le strinsi una mano dietro la coscia. Aveva la pelle fredda e umida, ma così morbida. Liscia, ma quando la strinsi, sentii i suoi muscoli sodi.

«Smettila,» mi disse, inizialmente opponendo resistenza, ma rendendosi poi conto che non avrebbe vinto, posò la mano libera sull'orlo inferiore dell'asciugamano per assicurarsi che sarebbe rimasto giù. Gliel'avrei tolto presto.

Ovviamente, lei non sapeva che spogliarla sarebbe stato per il suo bene. Avevamo intenzione di concederle il piacere che le avevamo negato prima. Era appropriato il fatto che ci trovassimo di nuovo sulle rive di un ruscello. Un letto sarebbe stato bello, ma l'avrei fatta venire altrettanto facilmente all'aperto. E non avevo intenzione di sprecare un altro solo secondo a trascinarmela di nuovo in casa.

«Risposte, bambola. Altrimenti Hank potrebbe gettarti di nuovo in acqua,» la avvertii, nonostante non avessi alcuna intenzione di farmela sfuggire di mano in quel momento.

«È lui quello che mi ha bagnata per primo,» borbottò lei, rivolgendogli un'occhiataccia

Con la coda dell'occhio, non potei non notare il ghigno che si estese sul suo volto a quelle parole. «Dolcezza,» esordì.

«Lo spero proprio, ma sei ancora bagnata dopo tutto questo tempo? Lo scoprirò presto.»

Chiaramente, a giudicare dall'espressione confusa che aveva in volto, lei non comprese il doppio senso, molto più carnale, delle sue parole.

«Perché ti trovavi su quel promontorio, prima?»

Lei si irrigidì a quella domanda, stringendo le labbra. «Ero a cavallo e ho visto gli uomini puntarvi le pistole contro. È difficile non notare la stella che avete sul petto.» Indicò con un cenno del capo il distintivo sulla camicia di Hank. «Dovevano essere fermati.»

«E tu hai deciso di farlo. Hai una mira piuttosto buona.»

«Non manco mai il bersaglio.»

Aveva risposto, per cui era il momento di darle un premio. Chinandomi in avanti, le posai la bocca su un capezzolo e succhiai, perfino attraverso il tessuto bagnato.

Trasalendo, lei mi strattonò i capelli. Non ero certo se il leggero dolore che mi provocò fosse per tirarmi via o per tenermi fermo lì. «Cosa stai... oddio.»

Sogghignai, poi strattonai leggermente la punta rossa prima di risedermi sui talloni.

Lei mi fissò a occhi spalancati e un po' confusa.

«Non ti ha mai toccata nessuno, non è vero?» le chiese Hank.

Non sarebbe stata la mia domanda successiva, ma volevo comunque conoscere la risposta.

Lei scosse la testa. «No.» Quella parola uscì in un sussurro. «Perché... perché state facendo questo?»

«Questo siamo noi che ti ringraziamo,» dissi, probabilmente non facendo altro che confonderla ancora di più mentre sollevavo una mano e le tiravo via l'asciugamano bagnato dalle dita. Glielo abbassai fino in vita, lasciando che vi rimanesse incollato alla pelle umida. Era nuda fino alla vita e bellissima. Cazzo, era stupenda.

«Vedendomi nuda?» strillò lei, le braccia che tornavano al suo petto per coprirla di nuovo. Lentamente, io sollevai le mani e gliele feci abbassare, per poi tenerle entrambe lungo i fianchi così che potessimo guardarla.

Era riottosa, perfino nervosa, ma non si stava opponendo come una donna che non lo voleva. Poteva anche discutere con noi, ma non aveva paura né stava gridando di no. Non c'era panico, solamente le ultime tracce della sua spavalderia. Lo voleva, ma non sapeva esattamente di *cosa* si trattasse.

«Facendoti venire,» chiarii io.

«Venire?» domandò lei.

Oh cazzo. Sollevai lo sguardo su di lei, sul modo in cui le si era formata una piccola V sulla fronte, il modo in cui arricciò le labbra. Le sue guance si colorarono di un'adorabile sfumatura di rosa ed io le asciugai una goccia d'acqua dalla guancia. Non aveva idea di cosa parlassi, il che significava che era vergine in tutto e per tutto. Come se fosse stata nascosta in un convento in Francia invece che a bighellonare per il Wild West.

Poteva anche aver preso l'abitudine di farsi il bagno in un ruscello, ma l'aveva fatto da sola. Ora non più. Avremmo visto ogni singolo centimetro di lei. L'avremmo toccata. Baciata, leccata. Assaggiata. E presto, l'avremmo scopata fino a farle perdere ogni suscettibilità.

Volevo farle altre domande, ma potevano aspettare. Avevo una donna nuda e vergine in piedi di fronte a noi. Era arrivato il momento di scoprire che cosa le piacesse, che cosa la eccitasse. Cosa le facesse urlare i nostri nomi.

La guardai, la vidi fissarmi di rimando attraverso le ciglia scure. In attesa. Respirava a malapena. Con le mie mani sui suoi fianchi, le spinsi giù l'asciugamano fino a quando non cadde a terra ai suoi piedi.

Non potei trattenere un gemito quando la sua figa venne scoperta. Per quanto avesse una zazzera di peli scuri al di sopra, non riuscivano a nascondere la sua figa gonfia, l'accenno delle sue labbra interne che facevano capolino, né la dura perla rosea gonfia e vogliosa di noi. Delle gocce d'acqua le scorrevano lungo l'interno coscia, ma sapevo che sarebbe stata bagnata anche di eccitazione.

«Charlie,» esclamò lei, spostando lo sguardo tra me e Hank. Mi piaceva il mio nome sulle sue labbra, ma bramavo sentirlo in un tono diverso, quando fosse stata senza fiato a urlare di piacere.

Hank le andò dietro, avvolgendole un braccio attorno alla vita e tenendosela stretta al petto, con una mano a stringerle un seno florido. Lei a quel punto cominciò ad opporre resistenza, dal momento che era stato lui, prima, a sculacciarle quel bel culo e a gettarla nel ruscello.

«Ssh, lascia che ti guardi,» le mormorò lui all'orecchio, poi le baciò delicatamente il lobo.

«Ma-» esordì lei.

«Non ti faremo del male, amore,» le dissi, le mie mani che le scivolavano su e giù lungo le cosce in un gesto rassicurante. La sua pelle umida era liscia come la seta ed io sentii i suoi muscoli sodi tendersi e fremere. «Sei al sicuro con noi. Il tuo corpo lo sa nonostante la tua mente stia opponendo resistenza.»

«Non ho mai-»

«Lo sappiamo,» disse Hank, il suo naso che sfregava lungo il suo collo. Probabilmente lei non si rese nemmeno conto di aver piegato la testa per fornirgli maggior accesso. Lui le scostò i capelli bagnati da un lato facendoglieli passare su una spalla. Io osservai le gocce d'acqua gocciolare via dalle punte e scenderle sui seni.

Le venne la pelle d'oca sulle braccia bagnate e lei rabbrividì. Non poteva avere freddo, non con entrambi noi che la toccavamo, il calore del sole che la asciugava rapidamente. Con i palmi ancora sulle sue cosce, posai i pollici sulla sua figa, accarezzandola. Lei trasalì, dimenandosi nella presa di Hank. Mentre la toccavo, per poi allargarla così da vedere bene la sua apertura, Hank le sussurrò parole d'incoraggiamento, dicendole esattamente – e palesemente – che cosa le stessi facendo, continuando sempre a leccarle e mordicchiarle l'orecchio.

Le sfuggì un piagnucolio.

«Sei bellissima,» le dissi onestamente.

Era rosa. Così bella con le labbra bagnate, il clitoride che praticamente mi supplicava di toccarlo. E poi c'era la sua piccola apertura vergine, mai vista prima da alcun uomo, figuriamoci scopata. Per quanto vi avessi spinto dentro la punta del mio dito prima, all'altro ruscello, dandole un paio di carezze, non era nulla rispetto a ciò che avevo in mente. Quella volta non si sarebbe trattato solamente di un dito e per quanto il mio sarebbe stato il primo, quello di Hank sarebbe stato l'ultimo.

Con la punta del mio dito, le girai attorno all'apertura vergine. Così calda e bagnata, scivolosa per via dell'eccitazione del suo corpo nell'accoglierci.

«Oddio santo.» Impennò i fianchi, poi trasalì. I muscoli della sua figa mi baciarono la punta del dito, come a cercare di attirarlo all'interno. Io obbedii, sentendola calda e stretta che mi circondava fino alla prima nocca.

Hank le massaggiò il seno, giocandoci e strattonando il capezzolo duro con le dita. Lei cominciò a dimenarsi e ad agitare i fianchi, disinibita. Selvaggia. *Fottutamente perfetta.*

Abbassò lo sguardo su di me con quegli occhi scuri che aveva, questa volta senza alcun accenno di rabbia, solamente eccitazione. Confusione. Voglia. «Ti prego,» sussurrò.

Le infilai il dito dentro ancora un po', la sua eccitazione che mi facilitava il passaggio, per quanto fosse fottutamente strettissima. Avremmo dovuto prenderci del tempo per prepararla ai nostri cazzi così da non farle male.

«Ti prego, cosa?» chiesi io. «Ti prego il mio dito più a fondo dentro la tua figa, o ti prego gioca coi miei seni?»

Cazzo, erano una meraviglia, così pallidi da riuscire a scorgervi le sottili vene blu al di sotto della superficie, con dei capezzoli larghi e dritti. Le punte erano rigide e puntavano verso di me, ma l'areola aveva dei piccoli rigonfiamenti che volevo sentire contro la lingua.

Perchè li tenesse fasciati tanto stretti da nasconderli del tutto, non lo capivo. Qualunque cosa avesse indossato, non l'avrebbe rimessa mai più. Io ed Hank avremmo dovuto discutere se farle indossare anche solo un corsetto. Era troppo adorabile per confinarla dentro a un indumento tanto stretto.

«Entrambe le cose,» implorò lei, ed io sogghignai. Trovai il suo clitoride, facendole oscillare i fianchi nella maniera più carnale possibile con solo quella carezza leggera. Oh, era reattiva eccome.

La nostra Grace.

Il suo corpo era ben muscoloso, con le gambe lunghe e snelle, i fianchi pieni, una vita sottile che si riduceva senza alcun bisogno di un corsetto. E i suoi seni... Avrei potuto fissarli per tutto il giorno. Riuscivo a vederla rispondere al modo in cui il mio amico la toccava. Non era piccola, era solamente un paio di centimetri più bassa di Hank, perfino scalza. Non si sarebbe rotta se ce la fossimo presa con vigore. Ci aveva dimostrato di avere uno spirito forte e dubitavo che le servisse alcuna delicatezza. No, aveva bisogno di due uomini forti che la maneggiassero.

«Grace.» Hank mormorò il suo nome mentre allungava una mano e le prendeva di nuovo entrambi i seni, testandone il peso e massaggiandoli. I capezzoli duri, che spuntavano tra i suoi pollici e indici, puntavano verso di me e mi venne l'acquolina in bocca dalla voglia di sporgermi e leccarne uno e poi l'altro. Succhiarli fino a quando non avrei sentito l'essenza della sua figa gocciolarmi sul palmo.

Ritrassi le mani dal suo corpo e mi alzai. Saremmo riusciti a farla venire in fretta, solo un altro paio di carezze da parte del mio dito sul suo clitoride e sarebbe esplosa come dinamite in una miniera d'argento. La volevamo eccitata, vogliosa e praticamente a supplicarci di concederle un piacere che non comprendeva nemmeno. Che fosse alla nostra mercè, che bramasse noi e ciò che potevamo offrirle. Solo allora sarebbe venuta.

Dovevo baciarla. *Sentirla* contro di me. Stringermela contro. Hank la lasciò andare ed io le posai la bocca sulla sua. Lei trasalì ed io sfruttai quell'occasione per trovare la sua lingua con la mia, per esplorare e scoprire.

Lei gemette contro le mie labbra e si alzò in punta di piedi, due segni del fatto che Hank avesse spostato le mani per giocare con la sua figa da dietro.

Posai le mani tra di noi, le presi i seni e vi giocai. Non le ci volle molto per gemere e dimenarsi grazie alle nostre attenzioni. Ritrasse la bocca dalla mia, appoggiò la testa all'indietro contro la spalla di Hank e chiuse gli occhi. Io guardai il suo viso, mentre la portavamo al suo primo orgasmo, le mie dita che le strattonavano i capezzoli e Hank che si lavorava la sua figa e il clitoride nel modo giusto.

La sostenne quando venne con un grido, la bocca spalancata, la pelle che arrossiva dalle guance fino a lungo il collo e tra i seni. Era così bella, così passionale.

Quando le sue gambe cedettero, Hank la prese in braccio e la adagiò sulla schiena sull'erba soffice. Io non attesi che si riprendesse, mi limitai a gettarmi a terra tra le sue cosce e a posarle la bocca addosso.

Il suo sapore mi esplose sulla lingua e leccai la sua essenza. Stava gocciolando, la sua eccitazione le luccicava sulle cosce, la figa e perfino sul suo piccolo ano stretto.

Non potei fare a meno di sogghignre mentre passavo di nuovo la lingua su quel punto proibito. Oh, ci avremmo messo più che solo la mia lingua. Presto, avrebbe avuto le nostre dita e perfino i nostri grandi cazzi affondati in quel buco.

Fu quella leccata, sulla sua apertura raggrinzita, che le fece spalancare gli occhi. Si sollevò sui gomiti e abbassò lo sguardo lungo il proprio corpo nudo fino a me, le ginocchia allargate.

«Che stai *facendo*?» chiese, la voce roca e ansimante.

Le stava bene trovarsi sdraiata nuda alla luce accecante del sole, un uomo tra le sue cosce aperte, ma aveva un problema col fatto che la leccassi lì.

«Ti faccio venire di nuovo.»

«Con la bocca?» mi chiese, sconvolta.

Me la ripulii con il dorso della mano. Ultra bagnata. «Sdraiati, bambola, e te lo concederò.»

«Ma... lì?»

Le mie mani le presero il culo sodo e così fu facile premerle un pollice contro l'ano bagnato. «Qui?»

«Sì, lì. Quello non è... non dovresti-»

«Dovrei. Fidati di me. lo adorerai.»

Abbassando la testa, le leccai il clitoride con la punta della lingua mentre tenevo lo sguardo fisso su di lei. Lo feci di nuovo e lei chiuse gli occhi. Ancora una volta e tornò a sdraiarsi sull'erba, arrendendosi.

Feci roteare i fianchi contro il terreno duro, cercando di alleviare il fastidio. Aveva la figa bagnata, aperta e vogliosa di cazzo. Sarebbe stata stretta, assolutamente vergine. Ne avevo *bisogno*.

Lanciando un'occhiata ad Hank, che si trovava in piedi sopra di noi a guardarci, seppi che non era il momento. L'avremmo saziata a tal punto di orgasmi che non avrebbe minimamente desiderato stare senza di noi. Ce la saremmo scopata, ma prima le avremmo messo un anello al dito. Era chiaro che qualche stronzo l'avesse ferita. Non saremmo stati come lui. Non saremmo stati così. Le avremmo concesso il suo piacere, ma ci saremmo presi il nostro solamente quando *lei* fosse stata nostra. Non ci saremmo presi quella figa fino ad allora.

Tuttavia, mi sarei potuto leccare tutto il suo miele e farle urlare il mio nome. E così feci. Dall'ano fino al clitoride, me la lavorai con lingua e dita, portandola al limite per poi fermarmi. Ancora e ancora, fino a quando non fu un ammasso sudato, agitato e *implorante*.

«Ti piace quando gioco col tuo piccolo ano, non è vero, bambola?»

«Charlie, ti prego!» gridò lei, le mani intrecciate tra i miei capelli cercando di spingermi di nuovo il volto tra le sue cosce.

Ridacchiai. «Dillo.»

«Mi piace!»

«Brava ragazza. Ora puoi venire.»

Una leccata sul suo clitoride e lei gridò, bagnandomi tutto il mento. Se era così che si riduceva solamente con dei giochetti orali, non pensavo che sarei riuscito a sopravvivere una volta che le avessi infilato il cazzo dentro. O quando ce la saremmo presa entrambi nello stesso momento.

7

 RACE

«Se ti hanno portata qui, ti hanno rivendicata,» disse Emma, incurvando maliziosamente la bocca. Era una bellissima donna coi capelli neri e degli straordinari occhi azzurri che venivano solamente accentuati dal colore affine del suo abito.

Mi interruppi nel ripiegare tovaglioli, cosa che non avevo mai fatto in vita mia. Quel compito sembrava sciocco dal momento che tutti, comunque, se li sarebbero posati in grembo, tuttavia io vivevo con uomini le cui maniere non erano migliori di quelle dei cani selvatici. Forse mi aveva lanciato un'occhiata con indosso i pantaloni puliti e la camicia che avevo preso a Travis e aveva immaginato che avessi bisogno di un compito facile. In realtà sapevo cucinare piuttosto bene, dal momento che ci si era aspettati che fossi io a farlo, ma Papà e Travis di certo non erano degni di tovaglioli piegati.

La guardai dall'altro lato del lungo tavolo. Stava tagliando delle fragole e aggiungendole ad una ciotola per il dessert. Attorno a noi c'erano alcune delle donne che vivevano a Bridgewater. Ann, Laurel e Olivia, che erano occupate con vari compiti culinari. Il profumo di pollo arrosto mi faceva venire l'acquolina in bocca.

Dopo il ruscello, mi ero messa i miei abiti puliti che avevo recuperato nella bisaccia , pantaloni e camicia che avevo rubato a Travis, ma non la fasciatura sul seno. Hank e Charlie avevano lanciato un'occhiata alla lunga fascia di tessuto vecchio e si erano rifiutati di lasciarmela. Avevamo camminato per dieci minuti fino ad un'altra casa, quella che apparteneva ad Emma. Avevo conosciuto i suoi mariti – sì, ne aveva due, Kane ed Ian – e i mariti delle altre donne. Loro se n'erano andati coi bambini, un miscuglio di neonati e bimbi più grandi, a giocare fuori.

Nell'ora successiva al nostro arrivo per aiutare a preparare la cena, avevo imparato diverse cose riguardo a Bridgewater. Il ranch non apparteneva a Hank e Charlie, ma a diversi uomini, tutti che lavoravano assieme in comunità. Il terreno che possedevano in gruppo era vasto e in crescita. Così come le famiglie. Avendo ogni donna due uomini, e Olivia tre, non c'era da meravigliarsi che stessero facendo un sacco di bambini. Quella sistemazione era un qualcosa che avevano scoperto in un lontano paesino chiamato Mohamir. Io non ero mai uscita dal Territorio del Montana, per cui non ne avevo mai sentito parlare. La maggior parte di quegli uomini, però, erano soldati britannici che erano stati stanziati lì, incluso Charlie. Era per quello che aveva un accento buffo. Veniva dall'Inghilterra, come Kane e un paio degli altri mariti che avevo conosciuto. I Mason e Brody di Laurel e i Rhys e Simon di Olivia.

Che cosa ci facevo lì? Quella mattina, ero stata portata da Barton Finch e lasciata a lui come pagamento. Mi ricordavo la sensazione delle sue mani che mi palpavano, l'odore fetido del suo fiato. Sapevo com'erano i veri uomini, come trattavano le donne. Oh, Charlie e Hank erano tipi audaci, a prendersi certe libertà con me. Tuttavia, per quanto io fossi riottosa, avevano ottenuto il mio consenso. Barton Finch no.

Da allora, avevo sparato all'unica mia famiglia ancora in vita e li avevo lasciati alla legge. Mi trovavo in un luogo strano con gente... gentile. Stavo parlando con delle donne che mi trattavano come un'amica – una situazione che era già strana di per sé – di due uomini che non solo avevano detto di avermi rivendicata, ma mi avevano toccata in maniera carnale e in modi che mi avevano dato un piacere fantastico.

Non sapevo nulla di Charlie. Nè molto di Hank, se era per quello. Eppure, loro mi avevano vista nuda. Mi avevano toccata nuda. Diamine, Charlie aveva avuto la sua testa tra le mie cosce e la sua bocca-

Chiusi gli occhi. Mi facevano sentire come se fossero davvero interessati a me. Forse era ingenuo pensarlo, dal momento che sapevo che gli uomini erano superficiali e desideravano una donna solamente per una cosa. Non avevo dubbi sul fatto che Hank e Charlie mi desiderassero per *quella cosa*, ma non l'avevano fatta. Non mi avevano scopata. Ne avevano parlato. Avevo visto i loro cazzi duri premere contro i loro pantaloni, ma non ci avevano nemmeno provato. Mi avevano toccata. Mi avevano dato piacere mentre loro non avevano trovato alcun sollievo.

Non aveva senso. Mi schiarii la gola, rendendomi conto che Emma stava aspettando che rispondessi al suo commento. «È una delle parole che hanno usato loro. Rivendicata.»

Tutte e quattro mi sorrisero come se fosse stata una bella cosa, questa *rivendicazione*.

Erano signore educate, raffinate. Erano sposate. Avevano dei figli. *Indossavano abiti*. Cosa non dovevano pensare quelle donne di me, come dovevano chiedersi come avessi fatto io, una donna che si vestiva come un uomo, ad attirare l'interesse di due uomini bellissimi e ricchi come Hank e Charlie.

Ann rise, attirando la mia attenzione su di sè. Tenenva in mano uno schiacciapatate e stringeva saldamente una larga ciotola fumante. «Sono un gruppo di prepotenti, gli uomini di Bridgewater. Quando vedono la donna che desiderano, la rivendicano.»

«Perché non utilizzano semplicemente la parola giusta? Cioè, si dice scopare, no?»

Loro mi fissarono ad occhi sgranati, poi Emma scosse la testa. «Be', c'è lo scopare. Decisamente, ma anche molto di più.»

«*Più* che scopare?»

Pensai alla *rivendicazione* che avevano fatto al ruscello. Ad entrambi. Non c'era stata alcuna scopata. Io ero stata l'unica nuda.

«Oh, guarda la tua faccia, è palese che l'abbiano già fatto,» aggiunse Laurel con una risata. Sapevo di avere le guance rosse, dal momento che le sentivo caldissime.

«No, non l'hanno fatto, cioè... non quello.»

«Scopare?» chiese Emma. I suoi capelli neri erano raccolti in una crocchia scomposta in cima alla testa, ma soffiò per scostarsi un ciuffo dalla fronte.

Annuii.

«Solo perchè sembro tanto modesta e a modo non vuol dire che io non usi quella parola, o che non sappia che cosa significa,» replicò lei, posando la ciotola sul tavolo di fronte a sè. «Ho due mariti.»

«Io ne ho tre,» disse Olivia. «Fidati, so tutto di cazzi e scopate.»

«Sì, ma Hank e Charlie non sono i miei mariti,» controbattei io, senza fermarmi a pensare ad Olivia circondata da tre uomini che cercavano tutti di infilarle il cazzo dentro.

«Non ancora,» aggiunse Laurel, passandomi dietro per mettere dei piselli sgusciati in una pentola sul fuoco.

«Sono uomini d'onore. Non si prenderanno la tua verginità fino a quando non sarete sposati. Qualunque altra cosa... serve a dimostrare quanto ti desiderino. Devono averti mostrato come sarebbe senza i loro cazzi dentro di te,» offrì Emma. Col suo tono pacato, era come se si fosse messa a parlare delle ultime mode in fatto di cappelli, non di scopate.

«Io ho sposato Robert e Andrew il giorno in cui li ho conosciuti,» disse Ann.

«Io mi sono svegliata nuda nel letto di Mason e Brody la mattina dopo che mi hanno salvata da una bufera,» aggiunse Laurel, chiaramente cercando di dimostrarmi che non ero l'unica ad essere stata toccata in maniera carnale da degli uomini appena dopo averli consociuti. «Per quanto non mi abbiano scopata prima del matrimonio, se lo sono menato e mi sono venuti addosso. Marchiandomi.»

Posai le mani sulla pila di tovaglioli. Non c'era davvero bisogno di piegarli. Tuttavia, avevo bisogno di sentire le storie di quelle donne. Non ero poi così... selvaggia come avevo pensato. Non ero difettosa, nè folle, nè una donnaccia. Mi rincuorarono un po'.

«Io sono stata salvata da un'asta di vergini, ho sposato Kane ed Ian, poi mi hanno scopata nel giro di un'ora,» disse Emma. «Che cosa ti hanno fatto, Grace? Non può essere nulla che non abbiamo già visto, fatto o desiderato.»

Spostai lo sguardo tra di loro, tutte impazienti di sentire altro. «Mi hanno toccata.»

«La tua figa?» chiese Olivia. «È una sensazione bellissima.»

«Il tuo culo?» aggiunse Laurel. «Non avevo mai immaginato che mi sarebbe piaciuto, ma... eccome.» Sogghignò selvaggiamente.

Scossi la testa.

Emma si acciglò. «Non ti hanno toccata?»

Deglutii e trassi un respiro profondo. Non ero abituata a condividere i miei pensieri e di certo non i miei sentimenti. E su quell'argomento? Mai. «Mi hanno toccata e Charlie mi ha messo la bocca addosso. Tra le mie gambe.»

Tutte e quattro sospirarono.

«Ma...»

«Sì?» chiese Laurel. I suoi occhi azzurri brillavano di trepidazione.

«Lui ha messo la lingua... lì. Dove a te piace tanto.»

Lei praticamente squittì e applaudì. «Oh, se ti è piaciuto, aspetta solo che ti aprano con un plug o con un cazzo.»

«Lì?» chiesi io, stupefatta.

Tutte e quattro annuirono. Io mi agitai sul posto a quell'idea, poi mi immobilizzai, rendendomi conto di essere un tantino folle nel desiderare qualcosa di così... oscuro. Eppure, Laurel aveva detto che Mason e Brody se l'erano scopata... nel culo? E cos'era un plug?

«Ma non siamo sposati,» risposi. «Di sicuro non è appropriato.» Io ero andata a Bridgewater solamente per sfuggire a Barton Finch. Per nascondermi. Quelle signore stavano parlando di scopate, plug e farsi ricoprire ovunque di sperma.

«Sei stata rivendicata,» chiarì Emma con un cenno risoluto del capo. «Stessa cosa. Hanno intenzione di tenerti. Per quanto riguarda l'essere appropriato...» Abbassò lo sguardo sulla camicia da uomo che indossavo. «Non mi sembri il tipo da preoccuparsi poi più di tanto di cosa sia *appropriato*.»

Spalancai la bocca. «Tenermi?»

L'idea mi fece battere forte il cuore. Ero *desiderata*. Davvero desiderata se Hank e Charlie avevano intenzione di tenermi. Non aveva senso, però. Stava accadendo tutto così in fretta, in meno di un giorno. Non volevo nemmeno pensare a cosa avrebbero provato loro per me quando avrebbero saputo chi ero veramente. Tuttavia, io non ero la mia famiglia. Sì, condividevamo lo stesso nome, ma io non avevo rapinato una banca. Non avevo ucciso nessuno, nè tantomeno ferito. Volevo essere rivendicata, tenuta o sposata da un uomo. Non ne avevo mai presi in considerazione due fino a quel momento. Eppure, l'idea era valida. Provavo delle cose per loro che non mi ero mai immaginata. Non solo il piacere che avevano estratto dal mio corpo, ma la sicurezza. il sentirmi a mio agio. Mi sentivo apprezzata. *Desiderata*.

«Guardatemi! Come avete detto voi, non ho nemmeno un aspetto femminile. Non possiedo nemmeno un vestito.»

Laurel sorrise, mi venne accanto e mi diede una pacca sulla spalla. «Se Charlie ti ha leccato l'ano vergine, allora ti ha vista senza vestiti. Fidati, a tutti loro piacciono di più le loro donne svestite. Ci terrebbero nude, se potessero.»

Le altre annuirono, d'accordo con lei.

Le fissai tutte a occhi sgranati. In qualche modo, era tutto molto più di quanto mi fossi aspettata. Non mi ero mai immaginata che mi sarei messa a parlare di qualcosa di tanto... tanto oscuro e intimo con un gruppo di signore. Un verso della Bibbia, magari, o perfino una ricetta per una torta di pesche. Ma farmi leccare in certi posti?

Hank e Charlie *erano* molto più di quanto mi fossi immaginata. Non volevo finire con due uomini arroganti. Avevo appena sparato a due di loro. «Li ho conosciuti solo poche ore fa. Non potrebbero di certo-»

«Non potremmo di certo cosa?» chiese Hank, entrando dalla porta sul retro aperta. Aveva un bambino tra le braccia. Doveva avere circa tre anni, sembrava entusiasta di farsi trasportare. Notai che aveva la stella di latta di Hank appuntata sulla maglietta.

«Lo Sceiffo Hank mi ha fatto diventare poizotto!» disse, con un sorriso a trentadue denti.

Arruffandogli i capelli ricci, Hank lo posò a terra. Il bambino corse da sua madre, Ann, che gli diede un bacio sulla testa. Apparentemente contento di quel gesto di affetto, lui tornò di corsa alla porta.

Era entrato anche Charlie, ma si spostò per far passare il bimbo e gli sorrise mentre lui lo superava di corsa. Il mio cuore fece una capriola alla vista di quei due col bambino. Nessuno dei due aveva i capelli biondi, ma riuscivo ad immaginarmeli con un bimbo tutto loro. Un bimbo coi capelli scuri come Hank o rossi come Charlie. Gli avrebbero insegnato a sparare, a catturare rane, ad essere protettivo nei confronti delle sue sorelline... cazzo, stavo sognando troppo. Eppure, loro erano brav'uomini. Lo sapevo. Lo sentivo. Sarebbero stati dei buoni padri. Decisamente non sarebbero stati come il mio.

«Cosa mai potremmo volere, dolcezza?» mi chiese di nuovo, senza essersi dimenticato dell'argomento.

«Non potreste di certo volermi... sposare.»

Hank assottigliò lo sguardo, concentrato su di me. Strinse la mandibola. Charlie incrociò le braccia al petto. «Perché mai no?»

A quel punto io risi. «Guardatemi.» Agitai una mano in direzione delle altre donne. «Guardate loro. Perché siete così testardi al riguardo?»

«Perché lo sei tu?» controbatté Charlie. «Non ti sposiamo per via dei tuoi pantaloni. E poi, non li stavi nemmeno indossando al ruscello.»

Arrossii profondamente, nonostante avessi appena parlato di cosa avevamo fatto laggiù.

Lui sogghignò. Mi fece l'occhiolino.

«Ti abbiamo rivendicata,» constatò Hank in tono piatto, come se ciò spiegasse tutto.

«Visto?» disse Emma.

Non guardai lei, bensì mantenni lo sguardo fisso su Hank.

«Sì, ma io mi trovo qui con voi solamente per-»

Charlie inarcò un sopracciglio. «Qui solamente per cosa?»

Maledizione. Non potevo dire loro la verità. «Vi ho... vi ho appena conosciuti e voi state parlando di matrimonio. Non è che Charlie mi abbia dato una scelta nel venire qui quando mi ha presa in spalla,» borbottai.

Le signore ridacchiarono, chiaramente affatto sorprese della loro testardaggine. Dovetti chiedermi quante di loro fossero state trasportate come dei sacchi di patate da uno dei loro uomini.

Hank sogghignò e venne a mettersi accanto a me. Era molto più alto di me e dovetti piegare indietro la testa per guardarlo. Il modo in cui mi stava osservando, così diverso da prima, gli addolciva i lineamenti. Oh, aveva ancora la mascella squadrata e severa, il naso ancora lungo e dritto, la fronte sporgente, ma erano i suoi occhi scuri ad essere... caldi, ora. Addolcirono un po' anche me. «Dolcezza, lo vuoi anche tu.»

Mi accigliai, per nulla rilassata, adesso. Non essendo il tipo da farmi dire cosa desiderassi, ribattei, «Vi ho conosciuti questa mattina.»

«Sì, ma ci desideri abbastanza da allargare quelle cosce e permettere a Charlie di leccarti la figa. Avevo le mie dita dentro di te, ho sentito la tua verginità che ci prenderemo più tardi. Non avresti permesso a chiunque di farlo.»

Farfugliai nel sentirlo parlare in quel modo di fronte alle altre donne. «No, certo che no.»

«Lo permetteresti ai tuoi mariti,» proseguì lui.

Le donne restarono in silenzio, ma stavano sorridendo.

«Sì, ma-»

Hank sogghignò come un pazzo. «Bene.»

Lo fissai. A occhi sgranati. Come aveva fatto a farmi parlare indirettamente di matrimonio? «Non ho intenzione di sposarvi!»

Ho intenzione di restare a Bridgewater solamente fino a quando non avrò capito come occuparmi di Barton Finch. Ciò che avevo fatto con Hank e Charlie non significava che volessi un per sempre. No? Solo perché il mio corpo aveva risposto con tanta intensità... non voleva dire... Che cosa voleva dire?

«Faremo un duello,» offrì lui. «Io, te e Charlie. Se uno di noi vincerà, ci sposeremo.»

Io mi alzai e loro indietreggiarono. Presi a fare avanti e indietro per la stanza. Per la prima volta nella mia vita, avevo voglia di piangere. Non per loro, ma per me. «Sono sorpresa che mi abbiate toccata, prima.»

Mi voltai a guardarli entrambi. Avevano tutti e due la fronte aggrottata. «Perché, amore?» chiese Charlie con quel suo accento diverso.

«Perché non potete essere attratti da me. guardatemi.» Mi indicai i pantaloni, poi la camicia. Gli abiti di Travis. Gli abiti di un uomo che aveva voluto ucciderli entrambi. «Non mi avete nemmeno chiesto di sposarvi, l'avete resa una scommessa.»

«Vuoi che ci mettiamo in ginocchio?» chiese Hank.

Roteai gli occhi, sollevando in aria le mani. «Non lo so! Ma proprio non capisco perchè vogliate *me*.»

Gli uomini lanciarono un'occhiata oltre la mia spalla ed io osservai le donne uscire silenziosamente in giardino. Una volta che fummo soli, Hank si avvicinò, mi prese la mandibola e mi accarezzò la guancia con il pollice. Quel tocco fu gentile e intimo ed io non potei fare a meno di piegare la testa verso quella carezza.

«Non è perché ci hai salvato la vita,» disse.

«Non è perché la tua figa sa di miele,» aggiunse Charlie. Hank voltò la testa e lo fissò. «Cosa? Non la sto sposando per quello, ma non mi dispiacerebbe averne un assaggio ogni giorno per il resto della mia vita.»

Hank scosse la testa incredulo, ma non protestò.

«Vogliamo sposarti perché l'abbiamo capito nell'istante in cui ti abbiamo vista su quel promontorio, con la pistola fumante lungo il fianco,» disse.

«Pensavate che fossi un uomo.»

«Il mio cazzo lo sapeva. Non c'è nulla che potresti essere se non completamente donna. Pantaloni e tutto il resto.»

«Ti vogliamo perché non sei tutta elegante e modesta,» aggiunse Charlie. «Ti vogliamo perché sei un po' selvaggia. Indomita.»

«Mi avete sculacciata per questo,» gli ricordai.

«Ti abbiamo sculacciata perché imprechi come un gruppo di manovali allupati.» Fece una pausa. «A volte, non c'è spiegazione sul motivo per cui un uomo desidera una donna. Perché è Quella Giusta. Si tratta semplicemente di... un fulmine.»

Un fulmine. Di tutto ciò che avevano detto, quella era la cosa che aveva più senso. Era del tutto ridicolo, ma lo era anche ciò che stavo cominciando a provare per quei due in così poco tempo. Non riuscivo a credere a come avessi reagito, a come avessi risposto quando tutto ciò che avevo provato prima di loro era stato odio e rabbia nei confronti degli uomini.

Charlie mi prese una mano, se la portò alla bocca e me ne baciò le nocche. Quel gesto fu dolce, eppure mi fece indurire i capezzoli. I suoi occhi verdi erano intensi. «Non ci conosciamo più di tanto, ma il tempo sistemerà la questione. Io sono cresciuto in un orfanotrofio di Londra. È stato... peggio di qualunque cosa tu possa immaginare. Sono fuggito arruolandomi nell'esercito. Lì, ho trovato una specie di famiglia. Una banda di fratelli, ma desideravo ardentemente una moglie. Dei bambini. Tuttavia, non avevo nulla. Niente soldi, nessun modo per sostenere e provvedere decentemente ad una moglie. Sono venuto qui in America, a Bridgewater, per costruire quel sogno.»

Voltò le mani così che potessi vederne le nocche piene di cicatrici e sentirne i calli spessi contro il palmo. «Ho lavorato duramente e ho costruito i mezzi di sostentamento per una famiglia. Tuttavia, non avevo trovato la donna giusta.»

Mi baciò di nuovo le nocche, mi girò la mano e mi baciò il polso. La carezza delle sue labbra mi fece trasalire, dal momento che sembrava altrettanto intima come quando aveva messo la testa tra le mie cosce.

«Fino a te.»

Quelle parole erano potenti, ma fu il suo sguardo risoluto, l'onestà che vidi nella sua espressione. Mi voleva. Voleva una vita *con* me. Eppure, io avevo avuto intenzione di venire a Bridgewater solamente per nascondermi da Barton Finch.

Lui voleva *tutto* ed io, invece, volevo solamente la sua protezione. Perfino quello non era vero. Non ne avevo bisogno da parte sua. Sapevo prendermi cura di me stessa. Io volevo solamente un posto tranquillo in cui nascondermi. Non lui, nè Hank.

Era vero, adesso? Era tutto ciò che desideravo in quel momento? Perfino dopo un paio di brevi ore, le cose erano cambiate. No, *io* ero cambiata. Mi piaceva il modo in cui mi guardavano. Mi toccavano. Mi parlavano. Mi piaceva come mi facevano sentire e non solo quando ero nuda e avevano le loro mani su di me. Non mi sminuivano per via di quanto poco femminile fossi. Non mi umiliavano. Non mi picchiavano. Tutto il contrario, in effetti. Mi mettevano al primo posto. Mi onoravano. Mi stimavano. Cazzo, mi desideravano davvero.

«Vuoi che ci mettiamo in ginocchio o vuoi un duello, dolcezza? Fai la scelta giusta, perchè è una storia che racconterai ai tuoi nipoti.»

Dio, stavo davvero prendendo in considerazione l'idea di sposarli? Cazzo, sì. No, non la stavo prendendo in considerazione, io *volevo* sposarli. Ma non volevo nemmeno dirlo ad alta voce. Mi stavano maltrattando ed io non avevo intenzione di tollerarlo. Mi rifiutavo di passare da una casa all'altra in cui mi facevo comandare da due uomini.

Loro erano in attesa della mia risposta. Due uomini bellissimi. Virili, vigorosi. Uno scuro, l'altro con degli adorabili capelli rossi come il fuoco. Compatti, robusti, forti. Erano anche *bravi*. E mi volevano. Volevano me, inclusi tutti i miei difetti.

In qualche modo mi *conoscevano*, perchè... un duello? Sapeva che ero in grado di colpire un bersaglio. Non avevo mai visto nessuno dei due sparare con un'arma prima di allora. Volevo il gesto romantico o volevo batterli nella loro mascolinità?

Sorrisi, dal momento che davvero mi capivano. Un'intera vita con Papà e i miei fratelli – il più grande, Tom, era stato ferito e ucciso in una rapina un paio d'anni prima – e a malapena mi prestavano attenzione, conoscevano i miei desideri, i miei sogni. Loro non sapevano nulla di me a parte il fatto che fossi una donna e che servissi loro il cibo e gli pulissi la casa. Io volevo una casa vera, una famiglia vera con Hank e Charlie. «Duello. Decisamente un duello.»

8

*H*ANK

Ero stato così determinato, così concentrato sul catturare gli assassini di mio padre. Sin da quando mi era stato detto che gli avevano sparato, a bruciapelo e a sangue freddo, avevo desiderato giustizia. Avevo perfino compiuto il drastico passo di assumere il ruolo di sceriffo. Aveva significato trascorrere del tempo lontano da Bridgewater, restare in città e dormire nella casa di mio padre, quella in cui ero cresciuto. Senza di lui, mi era sembrata vuota e ciò mi aveva fatto rendere conto che la mia vita era vuota, riempita solamente dalla giustizia che desideravo tanto ardentemente.

Non avevo apprezzato l'interesse di mio padre nel difendere i più vulnerabili fino a quando non se n'era andato. Solo quando avevamo calato la cassa in legno di pino nel terreno mi ero sentito vulnerabile io stesso. Mia madre era morta dandomi alla luce, lasciando mio padre a prendersi cura di un neonato da solo. Eravamo stati solamente noi due sin da allora e lui aveva fatto un ottimo lavoro. Tuttavia, una sola pallottola ed io ero rimasto solo. Ero rimasto vittima di uomini che avevano ucciso spietatamente e senza alcuna moralità un uomo di legge.

Volevo che fossero puniti e volevo vendetta. Volevo catturare la gang dei Grove.

E adesso, ne avevamo due in custodia. Avrei dovuto sentirmi euforico. Sentire quella giustizia un po' più vicina all'essere servita. Era così. Cazzo, sì. Eppure, ciò non mi avrebbe restituito Papà. Lui era ancora morto. Non c'era più. Ero soddisfatto di sapere che non avrebbero fatto del male a nessun altro.

Marcus e Travis Grove dovevano già essere stati trascinati a Simms, ormai, dovevano trovarsi in una cella in galera. Il dottore doveva averli risistemati quel tanto che bastava a farli sopravvivere fino a quando non fossero stati processati e impiccati, probabilmente aveva dato ed entrambi una bottiglia di whiskey per attenuare il dolore.

Avevano una settimana, immaginai, prima di morire. In quanto sceriffo, era mio compito assicurarmi che così sarebbe successo.

Me ne sarei occupato, ma senza il giudice in zona, non c'era nulla che potessi fare se non aspettare che si fermasse a Simms per il suo turno al distretto. Non avevo alcun interesse nell'aspettare in città, dormendo a casa di mio padre. Non esisteva, cazzo. Avevo qualcos'altro a occupare il mio tempo. *Qualcuno.*

Grace.

Forse era Papà che mi guardava da lassù e se la rideva. Proprio quando avevo ottenuto esattamente ciò che volevo, la tanto attesa giustizia, avevo trovato qualcos'altro che desideravo ancora di più. Ero come un bambino che sceglieva quale lecca lecca acquistare alla fiera? Potevo essere avido e desiderarli entrambi?

Cazzo, sì.

I Grove sarebbero stati impiccati, non perché era ciò che desideravo per vendicare quello che avevano fatto a mio padre. Era perché era ciò che si meritavano. Ciò significava forse che mi meritavo anche Grace?

Le nostre strade si erano incrociate quando ci aveva salvati e, in quell'istante, era diventata mia.

Nostra. Non c'erano dubbi. Alcuno, da parte mia. Né da parte di Charlie. Venivamo da situazioni completamente diverse, eravamo cresciuti in due parti diverse del mondo. Eppure, eccoci lì insieme nello stesso posto. A desiderare la stessa cosa.

Grace.

Ancora non conoscevo quale motivo avesse avuto per sparare a quegli uomini. C'era una storia, lì, e non le avevamo concesso grandi opportunità per condividerla. Gliel'avremmo tirata fuori. Non ci sarebbero stati segreti tra di noi.

L'avevamo reso chiaro come il sole nel cielo che ce l'eravamo rivendicata.

Ovviamente, a giudicare da ciò che avevo sentito della sua conversazione con le altre donne, non aveva saputo che cosa significasse esattamente. Avrei pensato che la bocca di Charlie sulla sua figa sarebbe stata piuttosto esplicativa.

Chiaramente no. Tuttavia, io non avevo intenzione di scoparmela fino a quando non avessimo pronunciato i voti. Avrebbe dovuto solamente credere alle nostre parole.

Ciò che avevo imparato riguardo alla lince che mi aveva rivendicato... sì, anche lei ci aveva rivendicati a sua volta, era che più le dicevo che cosa fare, più lei si ribellava. Perfino quando cercavamo di sposarla. Le avevamo dato una scelta, per quanto una di cui ci avrebbero fatto piacere entrambi i risultati. Noi in ginocchio a chiedere la sua mano in matrimonio come un uomo che corteggia una donna per persuaderla. Oppure un duello.

Ovviamente, Grace aveva scelto il duello. Non era abituata al romanticismo o alle belle parole. Non era abituata a farsi corteggiare. Noi l'avremmo apprezzata, adorata. Le avremmo dato tutto ciò che avrebbe mai potuto desiderare, ma non pensavo che si sarebbe mai trattato di un elegante cappello di paglia con del pizzo e dei nastrini.

La cena, ovviamente, fu ritardata. Tutti vollero assistere dopo che io e Charlie raccontammo la storia di come ci fossimo conosciuti, di come lei ci avesse salvato la vita. Non capitava spesso che un matrimonio avesse luogo in base a chi fosse più bravo a sparare.

Mason e Brody disposero una lunga fila di patate su uno steccato lontano. Erano bersagli piccoli, ma dubitavo poco che li avrebbe mancati. Sapevo che era bravissima. I suoi bersagli sui Grove non erano stati casuali. Li aveva scelti apposta. Aveva mirato e colpito. Entrambe le volte. Non sapevo perchè avesse scelto loro, in quel preciso istante, ma l'avrei scoperto. Per il momento, mi accontentavo di guardarla rifarlo. Perché stranamente, era eccitante da morire. Sarebbe stato difficile trattenermi dal gettarmela in spalla, portarla nelle stalle e prendermi la sua verginità con una bella scopata forte. Me la sarei rivendicata in maniera rozza e violenta come desideravo. Come sapevo che avrebbe adorato. Poi avrei guardato Charlie darle ancora dell'altro cazzo, altro piacere.

Grace si trovava in piedi tra me e Charlie, entrambi a impugnare le nostre armi preferite, cariche. La nostra futura moglie non avrebbe dovuto trovarsi in mezzo a noi pronta a sparare con una pistola. Non era ciò che mi ero immaginato. Non era il tipo di donna che qualunque altro uomo di Bridgewater aveva. Tuttavia, io non volevo una donna come

Emma o Laurel. Io volevo Grace, proprio così com'era, segreti e tutto il resto.

«Ognuno di voi avrà sei colpi,» disse Kane, assumendosi il ruolo improvvisato di ufficiale. Gli altri – Emma, Ian, Brody, Olivia e i suoi mariti – si trovavano per sicurezza in piedi alle nostre spalle. Mason e Laurel sedevano con Ann, Robert ed Andrew più vicino alla casa assieme ai bambini per assicurarsi che non corressero di fronte alla linea di tiro.

Guardai Grace, che stava osservando le patate. Concentrata. Si era tolta il cappello, aveva i lunghi capelli ribelli raccolti nella famigliare treccia spessa. Indossava ancora abiti maschili, ma i suoi seni non erano più fasciati – avremmo dato fuoco a quella lunga striscia di tessuto – e contornati dalla sua camicia larga. Riuscivo perfino a vedere la punta dura dei suoi capezzoli premere contro il tessuto logoro. Sapevo che aspetto avessero, che sensazione mi dessero nel palmo della mano. *Cazzo*. Una volta terminata quella gara, i suoi capelli si sarebbero sciolti, i suoi abiti sarebbero finiti a terra nella mia camera da letto e Grace sarebbe stata nel mio letto.

«Chi centra più bersagli vince.»

Lei sollevò lo sguardo su Charlie, poi su di me.

Lui allungò una mano. «Prima le signore.»

Lei roteò gli occhi e controllò la propria arma.

Voltandosi su un fianco, sollevò il braccio destro prendendo la mira. Era calma, aveva il respiro lento e regolare. Il suo braccio rimase stabile mentre espirava, per poi sparare.

Ancora, e ancora fino a quando non ebbe sfruttato tutti e sei i suoi colpi.

Una patata rimase in cima allo steccato.

Chiudendo gli occhi, imprecò tra i denti, cosa che mi fece incurvare le labbra verso l'alto divertito. Sapeva che si sarebbe beccata una sculacciata per quel linguaggio, e non ci sarebbe pesato punirla di nuovo. Fortunatamente, la prossima volta che l'avessi sculacciata, sarei stato anche in grado di scoparmela subito dopo. A quel punto non l'avrebbe ritenuta affatto una punizione, dal momento che sarebbe venuta, e con forza.

«Pensavo non mancassi mai il bersaglio,» mormorai.

Lei mi guardò e si limitò a scrollare le spalle. Io assottigliai lo sguardo e mi chiesi se avesse sbagliato mira appositamente. Se così fosse stato, perché-

«Per la miseriaccia, donna, dove hai imparato a sparare in quel modo?» Kane si avvicinò e le diede una pacca sulla spalla, per quanto delicatamente, sogghignandole. «Avresti potuto farci comodo nell'esercito britannico.» Lei gli sorrise. Quel bastardo. A me non sorrideva così. Tuttavia, non era lui che se la sarebbe rivendicata, in ogni caso. Non era lui che sembrava renderla più ostinata che altro. Già, quello era il mio compito e non vedevo l'ora di vedere quell'energia e quella sfacciataggine puntate verso di me proprio come la sua pistola.

«Giù le mani, Kane. Hai già una donna tua,» gli dissi. Perché doveva toccare Grace quando aveva Emma? Lei era una donna bella e forte. Senza dubbio soddisfava i suoi due mariti.

Lo sguardo di Kane si spostò sul mio e lui mi diede una forte pacca sulla schiena e rise. «È un piacere vederti finalmente rivendicato, Sceriffo.»

Mi stava tormentando di proposito. Lo sapevo, ma non mi importava.

«È stato mio padre ad insegnarmi a sparare,» rispose lei, ignorando il modo in cui praticamente le pisciai sulla gamba per palesare il fatto che mi appartenesse. «Ha insegnato ai miei due fratelli maggiori. Io ho guardato e mi sono allenata quando non erano nei paraggi.»

Quella era un'informazione interessante. Lanciai

un'occhiata a Charlie da sopra la sua testa. Era più di quanto non fossimo riusciti ad estorcerle da soli. Era un inizio.

«Dovrebbe essere fiero di te,» disse Kane.

Lei si irrigidì. «No. Non sarebbe ciò che pensa mio padre di me.»

L'espressione di Kane non mutò mentre rispondeva, ma quell'affermazione mi fece ribollire il sangue nelle vene. A giudicare dalla severità del suo tono di voce, suo padre non le piaceva affatto. «E i tuoi fratelli?»

Lei sospirò. «Uno è morto,» replicò come se si fosse messa a parlare del tempo. Non c'era alcuna traccia di tristezza nella sua espressione. «L'altro... non andiamo d'accordo.»

«Dobbiamo chiedere la tua mano a tuo padre?» le chiesi. Ero un gentiluomo in certe cose. Avrei reso omaggio alla sua famiglia come ci si aspettava, ma a prescindere dalla sua risposta, me la sarei rivendicata in ogni caso.

Lei piegò il mento verso il basso e si fissò gli stivali. «No. Sono da sola, ora.»

Charlie inarcò un sopracciglio, ma non disse nulla. «Tocca a me sparare, amore.»

Kane indietreggiò.

Lei lo guardò e lui le fece l'occhiolino, poi rivolse la propria attenzione al bersaglio. Sparò facilmente ad una patata, poi ad un'altra. Abbassò il braccio, guardando Grace. «Ti ho già detto che sono stato un tiratore scelto nel Mohamir?»

Prese la mira e sparò ancora. E ancora. Come Grace, ne mancò una.

«Pareggio,» constatò Kane, per quanto fosse ovvio a chiunque stesse guardando.

Toccava a me. Non esisteva che avrei perso quella gara, specialmente quando la posta in gioco era tanto alta. Volevo che Grace fosse mia.

Mi sistemai, sollevai il braccio per mirare ai bersagli commestibili, poi lanciai un'occhiata a Grace. Si stava mordendo il labbro inferiore carnoso, rendendosi conto che poteva benissimo finire con lo sposarsi quella sera. Be', non solo poteva.

Guardai la fila di patate, sparai un colpo dopo l'altro, facendone esplodere sei in fila.

Lanciai la pistola vuota a Kane, poi avvolsi un braccio attorno alla vita di Grace, attirandola a me. Ravviandole un ricciolo dal volto, le dissi, «Charlie potrà anche essere un tiratore esperto dell'esercito. Io, però, sono figlio di uno sceriffo del Territorio del Montana.»

A quel punto la baciai, impetuoso e possessivo. Questa volta, quando la mia lingua le accarezzò il labbro inferiore, lei si aprì per me. Rispose al bacio. Caldo, bagnato, dolce, e il piccolo gemito che le sfuggì segnò il suo destino.

Grace era nostra, senza imbrogli. «Robert,» dissi quando finalmente sollevai la testa. «Tira fuori la Bibbia.»

9

RACE

«Aspettate!» urlai, andando nel panico. Non ero pronta a sposarli in quel preciso istante.

In realtà, lo ero, ed era quello il motivo per cui li avevo interrotti. Non avrei *dovuto* essere pronta. Avevo bisogno di tempo per pensare. Erano stati come un tornado. Avevo sentito parlare di uno che aveva colpito a est di Billings un paio di anni prima. Venti forti e vorticosi e devastazione totale. Mi sentivo come se fossi stata sbattuta qua e là, quantomeno per quanto riguardava le mie emozioni, per tutto il giorno. Era come se loro fossero stati una forte tempesta che aveva soffiato nella mia vita cambiandola. Aveva ribaltato la mia strada, il mio intero stile di vita, nel giro di poche ore.

Avevo bisogno di tempo.

Avevo bisogno.

«Ho bisogno di un abito!»

Charlie ed Hank mi fissarono. Lo stesso fecero Kane, Ian, Mason e gli altri.

«Ma certo,» disse Emma, avvicinandosi ai suoi mariti con in braccio una bambina con i suoi stessi capelli scuri. Ellie. Era bellissima e un po' timida, aggrappata alla madre. Quando fu abbastanza vicina, allungò le piccole braccia in direzione di Ian, che se la prese e la lanciò in aria. La sua risatina stridula mi rilassò. Un pochino.

«Ogni donna dovrebbe indossare un abito per il suo matrimonio.»

Ero grata del suo intervento, dal momento che stava giustificando le mie parole.

«Bene. Torneremo a casa e potrai indossarne uno,» disse Hank, come se fosse così semplice.

«Io non possiedo un abito.»

«Prendine uno in prestito,» aggiunse Hank, guardando le donne di Bridgewater.

Ann e Laurel erano troppo basse. Emma si avvicinava di più alla mia altezza, ma il suo seno era molto più ampio. Olivia aveva molte più curve di me.

«Deve avere un abito tutto suo, Charlie. Qualcosa di speciale per ricordarsi di questo giorno.»

«Le daremo noi qualcosa di speciale per ricordarsi di questo giorno,» replicò Hank, ed io mi sentii arrossire, sapendo a cosa si stesse riferendo. Aveva detto che non si sarebbero presi la mia verginità fino a quando non fossimo stati sposati.

«Due cose,» chiarì Charlie.

«È troppo tardi oggi, ma possiamo trovarne uno preconfezionato al mercato,» aggiunse lei.

«Amore, lascia che se la risolvano da soli,» disse Kane ad Emma, passandole un braccio attorno alla vita da dietro e dandole un bacio sulla testa.

Hank mi prese per mano e mi condusse lontano dal gruppo. Charlie ci seguì.

«Hai paura,» disse.

Spalancai la bocca «Io... credo di averne, ma non di voi.» Lo guardai con ardore, per poi spostare lo sguardo su Charlie. «Di nessuno dei due.»

Volevo fargli chiamare Robert e la sua Bibbia e diventare loro. Perché lo *volevo*? Perché volevo smettere di discutere e dire semplicemente di sì? «Io... vi ho conosciuti poche ore fa. Ho bisogno almeno... almeno-»

«Sì?» la spronò Charlie.

«Ho bisogno di una notte per dormirci su.»

«Per cambiare idea?» mi chiese lui. Vidi la sua fronte aggrottata, il suo sguardo preoccupato. Pensava che potessi ripensarci, che potessi non voler diventare la loro moglie.

Scossi la testa. «No. *No.*» Dicevo davvero. Non avevo alcuna intenzione di ripensarci. «Avete ragione. Mi avete rivendicata.»

La tensione svanì dal suo volto, la mandibola che si rilassava. Quelle labbra che mi avevano baciata, che si erano posate sulla mia figa, si incurvarono verso l'alto in un piccolo sorriso. «Bene, amore.»

Era bello sapere di averlo tranquillizzato, di essere stata io a renderlo felice. Era strana, quella sensazione, sapere che il mio voler stare con lui lo rendeva falice.

«Sembra che questa rivendicazione sia più importante di un matrimonio.»

Hank annuì. «Siamo d'accordo. Per me,» indicò Charlie con un cenno del capo. «Per noi, questo basta. Tu sei nostra. Dal momento che saranno due uomini a sposarti, non si tratta di un matrimonio convenzionale o legale. Tuttavia, lo faremo in ogni caso.»

«Sposerai me, amore.»

Spostai lo sguardo su Hank e lui annuì mostrandosi

d'accordo. Mi chiesi perché non fosse infastidito dal fatto che io e lui non saremmo stati legalmente sposati. Era lui lo sceriffo. Quello che credeva nel nero e nel bianco.

«Avrai il mio nome, ma oggi, quando ti abbiamo vista per la prima volta, sei diventata nostra.»

Mi sentivo leggera, come se avrei potuto volare. Era quella la felicità? Era quello l'amore? Non ne avevo idea, ma... mi piaceva. E ne volevo ancora. Lo volevo per sempre.

«Non ho alcuna intenzione di cambiare idea. Ma ho bisogno di un attimo per respirare. Per pensare. Voi due siete travolgenti.»

Entrambi sogghignarono come dei pazzi. «E abbiamo ancora i nostri vestiti addosso.»

Era decisamente ciò che mi faceva paura.

«Hai ragione, dolcezza. Quando ti avremo in mezzo a noi due, non penserai affatto.»

Deglutii, poi strinsi le cosce, sapendo che era vero.

Hank annuì. «D'accordo. Ti sposeremo domani dopo che sarai andata in città in cerca di un abito.»

Domani. Era come se attendere un giorno in più fosse un gran peso, specialmente dal momento che li conoscevo da meno di dodici ore.

«Puoi dormire tra di noi.»

Farfugliai e sollevai una mano. «Se mi infilassi in un letto con voi, dubito fortemente che mi lascereste dormire.»

Charlie mi fece l'occhiolino. «Donna scaltra.»

«Puoi restare qui per stanotte,» esclamò Emma.

Non ci eravamo allontanati troppo dagli altri e loro erano decisamente un branco di spioni. Mi piacevano.

Cercai di non lasciar trapelare troppo il mio sollievo. Hank e Charlie erano come una mandria inferocita che calpesatava chiunque si trovasse sul loro cammino. Non erano entusiasti all'idea di perdermi di vista, ma annuirono comunque.

Guardai Emma. «Ti ringrazio molto.»

Charlie mi fece voltare la testa con un dito sotto al mento, costringendomi a sollevare lo sguardo su di lui. «Sappi una cosa, amore. Indosserai quell'abito quel tanto che basta per pronunciare i voti. Poi te lo toglieremo.»

Deglutii, dal momento che non avevo bisogno di scorgere la sincera intensità del suo sguardo. Dovetti solamente sentire la promessa carnale della sua voce.

———

«S E RIDETE, SAPETE CHE POSSO SPARARVI,» borbottai, facendo scorrere la tenda tra il mercato e il salottino della signora Maycomb sul retro.

Ero andata al negozio con Emma ed Ann di prima mattina assieme a Quinn, uno degli aiutanti del ranch, che ci aveva accompagnate. Ci trovavamo a Travis Point, la città con il miglior mercato di abiti preconfezionati per donne. Mi ero fidata del loro giudizio al riguardo e abbassai lo sguardo sul mio corpo. Ero ricoperta dal collo fino a polsi e vita di tessuto blu a quadretti, che poi si estendeva a campana in una gonna ampia, larga abbastanza da nascondere i miei stivali per nulla femminili.

«Non ci metteremo a ridere,» disse Emma attraverso la tenda.

Non ero così sicura, a quel punto, che insistere sull'indossare un abito tutto mio per il matrimonio fosse stata una bella idea. Mi sentivo ridicola. Non avevo mai indossato un abito, figuriamoci del tessuto a quadretti o azzurro in tutta la mia vita. Praticamente mi stava soffocando col suo taglio così stretto e non indossavo nemmeno la fasciatura attorno al seno. *Quella* era stata stretta, ma si era trovata al di sotto dei miei abiti, a nascondere la mia figura, non ad accentuarla come stava facendo quel vestito. Non avevo un granchè di specchio, la Signora Maycomb ne possedeva solamente uno piccolino che teneva in mano, ma ero riuscita a girarlo in modo da farmi una vaga idea di che aspetto avessi.

«Hai intenzione di restartene là dietro tutto il giorno?» mi chiese Ann, poi le sentii ridere entrambe.

«Sono felice che vi stiate divertendo,» borbottai. «Io no.»

«Esci fuori, Grace. Sarai adorabile.»

Avrei potuto fuggire dalla porta sul retro, ma non ne avrei tratto alcun vantaggio. Avrei dovuto comunque affrontare le donne una volta che avessi voluto un passaggio fino a casa. *Casa.* Adesso pensavo a Bridgewater come a casa mia?

Avevo a malapena dormito la sera prima per via di tutte le riflessioni che avevo fatto. Desideravo Hank e Charlie. Davvero. Forse ero pazza tanto quanto loro. Quanto tutti a Bridgewater dal momento che si erano sposati tutti in fretta.

Eppure, ogni coppia lì era felice. Le donne venivano adorate e protette, gli uomini stravedevano per loro e le amavano. Se quella era follia, allora io volevo farne parte.

Lo ero. Dovevo solamente uscire da dietro quella stupida tenda così che le signore potessero vedermi con indosso un abito.

Grazie a Dio Hank e Charlie si trovavano a Simms, a controllare i prigionieri, mentre io facevo compere. Avevo continuato a respingere i pensieri riguardanti la mia famiglia. Non li avevo voluti nella mia vita e loro non ne facevano più parte. Me n'ero assicurata. Stavo ottenendo tutto ciò che avevo sempre desiderato.

«Grace!» mi chiamò Emma.

Io sospirai, tirai indietro la tenda e uscii sul retro del negozio.

Ann trasalì e si portò le mani alla bocca. Emma squittì e mi venne incontro, avvolgendomi in un forte abbraccio, per poi fare un passo indietro. Mi scrutò da capo a piedi, forse ancora più attentamente di quanto avessero fatto Hank e Charlie.

«Sei bellissima! Quei tuoi due uomini si morderanno la lingua.»

«E moriranno di desiderio prima ancora di entrarti detro,» aggiunse Ann.

Arrossii e sentii qualcosa sbocciarmi nel petto. Speranza, forse? Speranza che gli sarei ancora piaciuta nonostante stessi indossando una cosa che mi rendeva diversa? Non era ciò che avevo sempre voluto, essere diversa? Non essere una Grove?

«Lo pensate davvero?»

Ann annuì, i suoi riccioli biondi che sobbalzavano. «Ti sta alla perfezione. Devi prendere questo e un paio di altri abiti.»

Era facile per lei parlare di vestiti. Ne stava indossando uno. Di un colore giallo pallido che metteva in risalto i suoi capelli e i suoi mariti non dovevano avere dubbi sul fatto che fosse una donna.

Le rivolsi un'espressione buffa. «Un abito basta e avanza. Me ne serve soltanto uno per sposare Hank e Charlie.»

Loro scossero la testa tutte insieme.

«Quando tornerai a Bridgewater e ti vedranno, vorranno strappare questo in mille pezzi dalla voglia di averti,» giurò Emma. L'idea di Charlie ed Hank che mi vedevano e venivano travolti dal desiderio di avermi, al punto da rovinare un abito, mi fece sentire potente. Essere femminile, per la prima volta, mi dava la sensazione di avere un certo controllo, di essere in qualche modo in grado di stregare i miei futuri mariti. Era così? Avevo potere, col solo essere me stessa, su Hank e Charlie?

«Ne serve più di uno,» concordò Ann. Guardò Emma. «Andiamo a vedere se ne hanno uno rosa. Starebbe benissimo con la sua carnagione.»

«Giallo chiaro?» ribatté Emma.

La Sposa Spericolata

«Andiamo a vedere.»

«Io mi cambio e torno subito.»

Loro si voltarono nuovamente verso di me nello stesso istante. «Oh, no. Puoi andare a prendere gli altri tuoi vestiti, ma indosserai quell'abito fuori dal negozio.» Emma batté il piede e mi rivolse un'occhiata che probabilmente funzionava bene con un bambino ostinato, o con dei mariti caparbi. Se ne andarono verso il tavolo degli abiti preconfezionati, lasciandomi da sola sul retro del negozio.

Sbuffai, poi girai sui tacchi per andare a recuperare i pantaloni e la camicia che avevo indossato per venire in città. Feci un passo e qualcuno mi si parò davanti.

«Be', ma guarda un po'. Il travestimento perfetto.»

Il cuore mi balzò in gola. Barton Finch.

«Non ti avrei riconosciuta se avessi tenuto la bocca chiusa. È stata quella tua linguaccia sfacciata a tradirti. Stronza.»

Il suo sguardo mi scorse addosso e lui si leccò le labbra quando si fermò sui miei seni. Non erano fasciati ed io non indossavo un corsetto. Non avevo intenzione di abbassare lo sguardo per vedere se i capezzoli mi spuntassero fuori. «Sei più di quel che pensavo.»

Feci una smorfia di fronte al suo alito, al suo sguardo lascivo.

Mi aveva messa all'angolo proprio come il giorno prima, ma ci eravamo trovati da soli e nel suo cottage. Da soli. Adesso, ci trovavamo al mercato ed Ann ed Emma erano nel negozio con la Signora Maycomb.

«Non farmi urlare,» dissi.

«Non farmi uccidere quelle due belle signore.»

Mi raggelai di fronte alle sue parole. Lui sogghignò.

«Non ho potuto fare a meno di origliare. Bridgewater, huh? È il posto in cui due uomini si scopano una donna insieme. Sembra il posto adatto a me.» Mi scrutò di nuovo.

Ora sapeva dove ero stata. Sapeva da dove venivano Ann ed Emma.

«Non ti piacerebbe. La gente si lava,» ribattei.

Lui sogghignò mettendo in mostra i suoi denti gialli.

«Cos'è questa storia dello sposare due uomini? Ti ho sentita menzionare un Hank? Intendi Hank Baker, lo sceriffo?»

Mi ero abituata a nascondere ogni tipo di emozione alla mia famiglia. Se avessero saputo che c'era qualcosa che mi emozionava, come un gatto randagio, gli avrebbero sparato. Se avessero saputo che qualcosa mi infastidiva, avrebbero continuato ad assillarmici. Avevano lasciato la porta aperta, permettendo alle mosche di entrare in casa per tutta l'estate solo perchè avevo detto loro che mi irritava. Erano degli stronzi. L'avevo saputo già prima, ma dopo aver conosciuto tutti gli uomini di Bridgewater, ne avevo avuto la conferma.

E Barton Finch-

«Idea astuta, Grace. Andare a vivere con lo sceriffo così da salvarti la pelle. E sposarlo?» Rise. «Cazzo, donna, hai fegato. Devi essere una scopata migliore di quanto avessi pensato se lo sceriffo riesce a sorvolare sul tuo nome. Quella figa dev'essere incredibile.»

Sollevai il mento, restando in silenzio, dal momento che non avevo intenzione di rispondere alle sue parole volgari.

Venni colta dal senso di colpa, forte e potente, perché avevo pensato la stessa cosa solamente il giorno prima. Poi, però, avevo smesso di pensare del tutto perché *desideravo* Hank per ciò che era. Desideravo anche Charlie. Li desideravo come una donna desidera un uomo, non una Grove che voleva protezione. Mi ero dimenticata della mia vita per qualche ora e avevo sperato. Avevo desiderato. Avevo effettivamente avuto qualcosa in più.

«Hai nascosto anche il tuo nome? Cosa pensi che succederà quando gli dirai chi sei veramente?»

Con Barton Finch in piedi di fronte a me, sapevo che era tutto finito.

«Come se ti avvicineresti mai allo sceriffo,» sbottai.

Lui non rispose. Invece, mi chiese, «Pensi che il tuo collo si spezzerà, quando ti troverai sulla forca oppure oscillerai e ti contorcerai per un po' fino a quando non ti strozzerai e soffocherai?»

Mi salì la bile in gola a quelle parole. Erano vere. Sarei stata impiccata proprio accanto a loro. Io ero Grace Grove.

«Che cosa vuoi?» sussurrai.

«Ho una banca da rapinare. Si è sparsa la voce dei due Grove che si sono fatti sparare e sono in galera.»

Non sapeva che ero stata io a sparare alla mia stessa famiglia.

«Non posso farlo da solo. Adesso ho te.»

Scossi la testa. «No. Non l'ho ancora fatto finora e non ho intenzione di cominciare adesso.»

Lui si lanciò un'occhiata oltre la spalla in direzione di Emma e Ann che si trovavano di fronte alla vetrina principale a provare dei cappelli di paglia. Una leggera scrollata di spalle mi fece arrivare il suo fetido puzzo. Arricciai il naso, ma non mi mossi. Non osavo.

«Mi sembra che dovrò fare una piccola visita a Bridgewater. A notte tarda.» La sua mano si posò sul calcio della pistola che aveva sul fianco. «Magari sparerò un po' anch'io.»

Il mio problema più grande, adesso, non era finire violentata da lui. Adesso era un pericolo per le persone che mi avevano accolta e che mi erano diventate subito amiche. Mi avevano resa una di loro incondizionatamente.

Tuttavia, una condizione c'era. Non mi avrebbero voluta se fossi stata una fuorilegge e Barton Finch mi stava costringendo a diventarlo. Tuttavia, avrei preferito che mi odiassero tutti piuttosto che vederli feriti.

«Quando e dove?» chiesi.

Lui sogghignò di nuovo. «Come ho detto, donna astuta. Carver City Bank. Domani a mezzogiorno. Dopo, verrai al mio cottage. Trascorreremo la serata a conoscerci.»

Non dissi una parola. L'idea di trovarmi in sua compagnia adesso, figuriamoci trascorrere la notte con lui, mi dava la nausea.

«Io e te andremo perfettamente d'accordo. Non preoccuparti, non mi dispiace una figa sfondata, ma scommetto che quel culo è vergine. Me lo prenderò e lo farò mio. Dal momento che mi hai tirato una ginocchiata nelle palle rieri, mi assicurerò di legarti per bene prima di montarti. A quel modo potrò prendermela comoda con te.» Sollevò una mano e mi afferrò un seno. Non mi mossi, ma feci una smorfia, dal momento che la sua presa fu rozza, dolorosa. Nulla a che vedere col modo in cui Hank mi aveva toccata il giorno prima. Indietreggiai.

Veloce come un fulmine, lui mi afferrò un polso ed io lo strattonai, cercando di liberarmi.

«Ribellati. Mi piace,» ringhiò.

Mi fermai, stringendo le labbra e cercando di rallentare il respiro, di calmarmi.

«Carver City Bank. Domani. Non venire e saprò dove trovarti. Se deciderai di dare ai tuoi uomini il proverbiale calcio nelle palle e di saltare sulla prima diligenza diretta fuori città, li ucciderò comunque.»

«E se lo dicessi allo sceriffo?» sibilai.

«Di' a quel tuo marito sceriffo tutto. Finirai in galera accanto a tuo padre e tuo fratello. Quelli di Bridgewater finiranno per morire comunque.» Estrasse la pistola, controllò che fosse carica, poi se la rimise nella fondina, cosa che mi fece desiderare di avergli rubato tutte le armi che possedeva. «O non dirglielo. Cazzo, vorrei poter vedere la sua faccia quando scoprirà che la sua promessa sposa è una fuorilegge. Buon matrimonio.»

Si voltò e si allontanò, ridendo.

Non ho idea di quanto rimasi lì, fissando il nulla. Riflettendo. Cercando di non piangere.

Non avrei fatto nulla per ferire quelli di Bridgewater. Barton Finch non avanzava minacce vuote. Non potevo dire ad Hank e Charlie di quella storia. Sarei finita sulla forca a prescindere da ciò che avrei fatto, ma volevo vederli vivi e vegeti. Gli avevo salvato la vita una volta; l'avrei fatto di nuovo.

Avevo fino al giorno successivo. Fino ad allora, quel tempo era mio. La mia vita era mia. Potevo essere chi volevo. Potevo sposarmi, con due uomini. Avrei cercato di dimenticarmi di tutto il resto e godermi un giorno da moglie, un giorno in cui tutto sarebbe andato bene nel mio mondo. Dove tutto sarebbe stato giusto. Avevo un giorno per essere felice, poi sarebbe finita.

Non sarei più stata Grace Grove. Sarei stata Grace Pine e, per quanto non legalmente, sarei stata anche la moglie dello sceriffo. Poi... sarei diventata ciò che mi ero sempre ripromessa di non diventare mai... una fuorilegge.

Presto morta.

10

«Cazzo,» sussurrai, in piedi al di sotto dell'alto pioppo fuori da casa di Kane, Ian ed Emma. Hank era al mio fianco, entrambi con indosso i nostri migliori completi neri della domenica, le camicie bianche, i gilè e le cravatte. Per quanto fossimo all'ombra, il sole era caldo, ma io lo notavo a malapena. Grace era tutto ciò che riuscivo a vedere mentre ci veniva incontro, scortata da Robert.

Il mio cazzo, che era stato semieretto tutto il giorno, si fece duro all'istante nel vederla con quell'abito rosa chiaro che le calzava come un guanto. Era la prima volta – a parte quando l'avevamo vista nuda – che scorgevamo le sue curve. C'era un bordino in pizzo lungo il collo alto dell'abito e sui polsini che la faceva sembrare quasi aggraziata. Con i capelli raccolti, non in una treccia, ma in una crocchia sulla nuca, era uno spettacolo. Era Grace, eppure, allo stesso tempo, una persona del tutto diversa. Non mi importava cosa indossasse o, diamine, se non indossasse proprio nulla. Era la femmina perfetta al di sotto di quel tessuto rosa e del pizzo che mi sarei sposato.

Lei ci guardò, entrambi, con un sorriso tremulo. Mi resi conto allora che era nervosa, non di sposarci – be', forse anche per quello – ma riguardo ai suoi abiti. Aveva detto di non aver mai indossato un vestito prima di allora.

Non potei impedirmi di sorriderle di rimando. A trentadue denti, perfino. Cazzo, se solo quegli schifosi bastardi che avevano gestito l'orfanotrofio avessero potuto vedermi in quel momento. Mi avevano detto che non sarei mai valso nulla, che ero inutile. Ora potevo anche essere un semplice rancher, ma avevo tutto ciò che avevo sempre desiderato che avanzava verso di me.

Lei era la donna che avevo sempre desiderato, ma che avevo atteso. Era l'inizio della famiglia che avevo sognato. Era ciò per cui avevo lavorato fino a farmi sanguinare le dita in quelle squallide miniere di rame. Lei era il sole e la luna ed io ero le stelle. Shakespear ci aveva dannatamente azzeccato.

Quando i suoi occhi incrociarono i miei, le lasciai sapere con un solo sguardo che ero pronto. Per lei. Ero pronto a sposarla e a farla mia. Sì, ce l'eravamo rivendicata, ma Dio e chiunque a Bridgewater avrebbe saputo che era mia per sempre. Avrebbe preso il mio nome. Sarebbe stata la Signora Charlie Pine.

Cazzo.

Lei sollevò una mano, le dita che giocavano con il pizzo sul colletto. Ero fiero di lei, per aver fatto qualcosa di tanto profondamente diverso. Per noi. Mi faceva battere forte il cuore, sudare i palmi delle mani, sapere che si era sforzata a tal punto, perfino correndo un rischio emotivo, per farlo.

Era stata una lunga nottata senza di lei, nonostante dovessimo ancora trascorrerne una *con* lei. Non avevo dormito bene, pensando a lei, a come l'avremmo toccata, come avrebbe reagito. Cazzo, riuscivo ancora a sentire il gusto della sua dolce figa sulla lingua. Avevo voluto usare una mano per alleviare il dolore nei testicoli, ma mi ero rifiutato, conservando tutto il mio seme per Grace. L'avrei riempita con esso fino a quando non saremmo stati tutti soddisfatti. Non sapevo quanto ci sarebbe voluto. Giorni.

Quando eravamo tornati da Simms, confermando che i Grove erano vivi – per quanto furiosi e incattiviti – e dietro le sbarre, ci eravamo immediatamente diretti a casa di Kane e Ian per vedere Grace. Le donne erano tornate dal mercato e avevano cinguettato riguardo a Grace come uccellini, ma si erano rifiutate di farla vedere sia a me che a Hank fino a quel momento. Kane mi aveva dato una pacca sulla schiena e ci aveva mandati entrambi a fare pulizie per il matrimonio, constatando che se ci avesse permesso di entrare in casa, avrebbe dovuto dormire nella stalla per una settimana.

Hank mi diede un colpetto sulla schiena quando me la ritrovai di fronte, spingendomi a prenderla per mano. Lo feci, per poi incrociare il suo sguardo. Volevo abbassare una mano e sistemarmi l'uccello per renderlo più comodo nei pantaloni, ma non sarebbe successo fino a quando non me li fossi tolti. Presto.

«Pronta, amore?» sussurrai.

Hank andò a mettersi dall'altro lato, ponendola proprio tra noi due, esattamente al suo posto.

I suoi occhi scuri erano accesi di trepidazione, il suo sorriso genuino, il colorito delle sue guance dimostrava la sua emozione.

«Sì. Sono pronta a diventare vostra,» rispose. Guardò Hank. «Di entrambi.»

Era pronta. Hank era pronto. Io ero pronto. Così come il mio cazzo. Mi rivolsi a Robert. «La versione più breve.»

E dopo circa due rapidi minuti, le stavo prendendo il volto tra le mani e me la stavo baciando. Quando Hank si schiarì la gola, sollevai la testa e lei si voltò a baciare anche lui.

Non permettemmo nemmeno agli altri di fare più che offrirci delle rapide congratulazioni. Grace era nostra e non avevamo intenzione di sprecare un solo istante nel rivendicarla, finalmente. Me la gettai in spalla e la trascinai in casa, senza metterla giù fino a quando non ci trovammo nella mia camera da letto.

La tenni per la vita mentre lei riacquistava l'equilibrio. Non sembrava tanto aggressiva con quel rosa pallido indosso, né con i capelli raccolti in un'acconciatura tanto delicata. Non mi ero preoccupato troppo del fatto che saremmo stati troppo rozzi con lei. Il giorno prima. Ora, però, vedendo tutte le sue curve morbide e la sua dolce perfezione, mi preoccupavo che saremmo stati troppo per lei, che avremmo potuto farle del male.

«Non aver paura, amore. Potrai anche stare per prenderti due cazzi in quella figa vergine, ma ci prenderemo cura di te.»

Lei mi guardò attraverso le ciglia scure ed io fui pronto a scorgervi apprensione o magari perfino una traccia della paura che provava una donna nell'accogliere il marito per la prima volta. Grace ne aveva due, per cui...

Invece di mordersi un labbro o stringere i pugni, pensare alla Regina e quant'altro, Grace si gettò tra le mie braccia e mi baciò. Con forza. Selvaggia. Energica com'era.

Per la miseriaccia.

GRACE

Ero così felice. Davvero. Mi sentivo leggera.

Spensierata. Amata. Non mi ero mai sentita a quel modo prima di allora. Tuttavia, a trovarmi tra i due uomini che avevano giurato, di fronte ai loro amici più cari, che mi avrebbero onorata, apprezzata e amata, protetta coi loro corpi, amata sempre con essi... Sapevo che non stavano mentendo.

A differenza di Papà o Travis, o di quel bastardo di Barton Finch, non sparavano stronzate solo per ottenere ciò che volevano. Non pensavano solamente a loro stessi.

Charlie ed Hank decisamente volevano scopartmi. I loro cazzi costantemente duri ne erano una prova palese, ma mi avevano prima messo un anello al dito. Ero Grace Pine, adesso.

Ricacciai giù ogni sensazione di perfidia nel non aver condiviso con loro il mio vero nome, bensì quello da nubile di mia madre. Avevo sposato Charlie come Grace Churchill, non Grace Grove. Tuttavia, i voti che avevo pronunciato erano stati onesti. Io li volevo. *Entrambi*.

Non mi ero opposta quando Charlie mi aveva riportata a casa loro. Casa *nostra*. Mi ero goduta quella sensazione della sua trepidazione, il suo desiderio di farmi sua in ogni maniera. Avevo visto le gambe di Hank mentre ci seguiva e avevo saputo che anche lui era altrettanto impaziente. Altrettanto pronto.

Avevo un giorno per essere la signora Charlie Pine, per essere anche la moglie di Hank, in tutto a parte il nome. L'indomani, mi avrebbero odiata. L'indomani, mi sarei trovata in galera dove avrei dovuto essere. L'indomani-

No. Non avrei pensato all'indomani. Avrei pensato a quel giorno. Al presente. A loro. Se dovevo essere impiccata accanto a Papà e Travis, allora volevo un giorno di perfezione. Un giorno di felicità prima di morire.

E così non concessi a Charlie nemmeno un istante di

preoccupazione. Un istante in cui fare attenzione con me. Io volevo. Volevo Hank. Volevo tutto.

Per cui mi lanciai su di lui. Lo baciai con tutta la voglia repressa che avevo provato sin da quando mi avevano lasciata a casa di Emma la sera prima. Non c'era tempo per fare la modesta o per mettere in dubbio la cosa. Non mi avrebbero mai fatto del male. Mi avrebbero dato solamente piacere.

Per un istante, avevo sconvolto Charlie. Poi lui mi avvolse tra le braccia e rispose al mio bacio. Gli sfuggì un ringhio quando spinsi con audacia la mia lingua dentro la sua bocca.

Ancora una volta, lui mi posò a terra e le sue mani presero a scorrermi addosso. Non solo le sue mani, ma anche quelle di Hank. Il mio abito mi venne sbottonato fino in vita – un paio di bottoni saltarono perfino via a causa della nostra voglia incontrollata – e mi venne spinto giù dalle spalle, lungo le braccia e in una matassa ai miei piedi mentre la bocca di Charlie continuava a stare sulla mia.

Le loro mani continuarono a vagare, ad accarezzarmi, dal momento che ero nuda a parte le calze e gli stivali. Fui io a interrompere il bacio, quando le mani di entrambi gli uomini si posarono sulla mia figa. Ero bagnata per loro e mi scivolarono facilmente sopra. Trasalii, poichè fu bellissimo. Un calore mi si espanse dentro, come mercurio che mi si insinuava sottopelle.

Entrambi affondarono un dito dentro di me, mi riempirono nello stesso momento. Ero così stretta che mi allargarono all'inverosimile.

Trasalii, aggrappandomi a Charlie.

«Così stretta, cazzo,» mormorò Hank, mentre mi baciava lungo una spalla. «Non preoccuparti, non ti prenderemo qui insieme. Charlie si scoperà la tua figa, mentre io mi scoperò il tuo culo.» Il suo dito bagnato mi scivolò fino all'ano, al punto in cui mi aveva leccato Charlie. La punta si mosse in cerchio, poi premette verso l'interno fino a quando non ebbi entrambi i miei uomini dentro di me.

Gridai, poichè era bellissimo, ma strano. Entrambi i buchi venivano allargati e per quanto bruciasse, mi ricordava che mi stavano rivendicando, che appartenevo a loro. Volevo tutto, sapere come fosse, farmi prendere completamente, rivendicare completamente. Non volevo che si trattenessero, che si limitassero.

«Di più,» ansimai.

Charlie si chinò e mi prese un capezzolo in bocca, succiando forte, ed io lo sentii fin nella figa.

Intrecciai le dita tra i suoi capelli setosi, tenendolo fermo. Lo sentii sorridere contro il mio seno.

«Soffocato dalla tua tetta stupenda. Il modo perfetto per andarsene,» commentò, sollevando lo sguardo su di me.

Scherzoso e bellissimo.

«Di più,» esalai io. «Non ho ancora visto nessuno di voi due. Vi voglio nudi.»

Il dito di Hank mi si tirò fuori ed io sentii un fruscio di vestiti.

«Se mi lasci andare i capelli, obbedisco,» disse Charlie.

Quando lasciai la presa, lui si alzò e si tolse la giacca.

Mi sentivo la figa vuota e pulsavo di desiderio per loro. Ero così bagnata da colare lungo l'interno coscia. Mi sentivo stupida a starmene lì in piedi con indosso calze e stivali, per cui mi sedetti sul bordo del letto e me le tolsi, sempre osservando Hank e Charlie. La stanza era scarsamente arredata, un grande letto per l'enorme stazza di Charlie, un comò con uno specchio sopra, una sedia nell'angolo. Due finestre, aperte per via della giornata calda, davano sulla parte anteriore della casa. Il sole vi entrava.

Più loro si spogliavano, più io li desideravo. Erano così diversi, nell'atteggiamento e nel corpo. Charlie aveva il petto nudo, con una linea di peli rossi che cominciava sull'ombelico e scendeva fino alla base del suo uccello. E che uccello! Lungo e spesso, era di un rosa acceso con la punta larga. Se ne stava orgogliosamente in piedi con le sue gambe muscolose che facevano svettare il suo cazzo. Se ne afferrò la base con una mano grande e se lo accarezzò, facendo girare il pollice sulla punta.

Hank andò a mettersi accanto a lui. Appena poco più basso, aveva le spalle ampie, una vita sottile che si stringeva in un addome muscoloso. Anche lui era ben dotato. Le sue dimensioni potevano paragonarsi a quelle di Charlie e mi si strinsero i muscoli della figa nel domandarmi come ci sarebbero entrati entrambi.

Le loro dita ci erano state strette, ma quei cazzi...

Hank sogghignò. «Non preoccuparti, dolcezza, la tua figa è fatta per noi.»

Io annuii e mi leccai le labbra. Loro gemettero entrambi.

«Ci vedi. Puoi anche toccarci,» aggiunse Charlie.

Mi alzai, avanzai verso di loro, posai una mano su entrambi i loro petti. Loro rimasero immobili mentre li toccavo, mentre facevo scorrere le dita su di loro. Sentivo il calore della loro pelle, i loro muscoli, il loro respiro accelerato. Charlie continuò a menarselo mentre il cazzo di Hank sobbalzava nella mia direzione.

Curiosa, lo toccai e lui sibilò, i fianchi che si spingevano in avanti.

«E io, amore?» mi chiese Charlie, togliendo la mano. Afferrai anche lui. «Cazzo,» sibilò, e chiuse gli occhi.

«Fatemi vedere che cosa vi piace,» dissi io, sollevando lo sguardo su di loro. Avevano gli occhi scuri, la mascella serrata. Ogni singolo muscolo nel loro corpo era teso.

La mano di Charlie si posò sulla mia in una presa salda e la sua espressione fu intensa. «Finirà troppo presto se continui così.»

Mi accigliai, insicura di cosa intendesse.

«Sei impaziente, dolcezza. Vuoi i nostri cazzi?» mi chiese Hank.

Annuii, leccandomi le labbra.

Quell'azione fece sì che Hank mi afferrasse per la vita e mi gettasse sul letto. Quando ci atterrai sopra, lui mi salì addosso, la punta dura del suo cazzo che mi pungolava l'interno coscia.

Chinandosi, mi baciò. Dolcemente, ma profondamente. Quando sollevò la testa, stavo ansimando. «Vediamo di prepararti.»

Mi dimenai sotto di lui. «Sono pronta.»

Lui scosse la testa, mi baciò di nuovo, poi lungo la mandibola. Scese fin sul collo e sui miei seni, baciandoli, leccandone i capezzoli duri, perfino mordicchiandomi la curva di pelle morbida. Andò sempre più in basso ed io allargai le cosce così che potesse sistemarvisi in mezzo, proprio come aveva fatto Charlie accanto al ruscello il giorno prima.

Mi sollevai sui gomiti e abbassai lo sguardo su di lui. «Charlie ha avuto un assaggio. Tocca a me.»

La sua bocca su di me fu diversa da quella di Charlie. Inizialmente fu delicato, toccandomi a malapena con la punta della lingua, poi mi leccò con una passata di piatto.

Ricaddi sul letto, fissando il soffitto. «Cazzo,» esalai.

«Presto, amore,» disse Charlie, sedendosi sul bordo del letto, le sue mani sui miei seni. Era come se non fosse stato in grado di *non* toccarli.

Tra Hank che mi leccava ogni singolo centimetro della figa, accarezzandomi il clitoride, e Charlie che giocava coi miei seni, venni. Fu rapido, veloce, forte e mi fece ansimare, la pelle madida di sudore.

«Di più,» dissi, rendendolo il mantra di quella giornata. Volevo tutto. Niente restrizioni, niente attese. Non avevo il tempo di stuzzicarli o di farli giocare, per cui ondeggiai i fianchi. Quando Hank sollevò la testa, la sua bocca umida e lucida per via della mia essenza, dissi, «Scopami.»

Lui mi tornò sopra, baciandomi. Sentii il mio sapore. «Visto? Che figa dolce. Pronta a renderla mia?»

Annuii, facendogli scorrere la punta delle dita sulla mascella, sentendo la sua barba ruvida.

Sfruttando il ginocchio, lui mi fece allargare le cosce e vi si sistemò in mezzo. Il suo cazzo mi scivolò sulle labbra e la punta si insinuò di fronte alla mia apertura. «Sei mia, Grace.» Scivolò dentro, senza fermarsi, senza darmi il tempo di abituarmi alla sensazione del suo cazzo spesso, fino a quando non mi fu dentro fino in fondo.

Spostai i fianchi, gli strinsi le braccia e respirai. Era così grande ed io non mi ero mai sentita così piena. Così stretta. Trasalii a quell'intrusione. Non fu doloroso, ma fu... fastidioso.

«Guardami,» disse lui, e mi resi conto di aver chiuso gli occhi.

Il suo sguardo scuro incrociò il mio mentre si teneva fermo, il suo corpo sostenuto dalle sue mani. «Sei perfetta, dolcezza. Così calda. Così stretta. Così bagnata. Sei tutto ciò che vogliamo.»

A quel punto si ritrasse ed io trasalii, gli occhi che si spalancavano. Non mi aveva fatto male. Era stato bello.

«Ancora,» sussurrai.

Lui si spinse dentro ed io gridai.

«Ti piace farti sfondare la figa?» mi chiese Charlie. «Cazzo, vederti che ti fai prendere per la prima volta è troppo.»

Voltai la testa e lo guardai. Ci stava osservando mentre le sue mani gli menavano rapidamente l'uccello, stringendolo, guardando il punto in cui il corpo di Hank si univa al mio.

Hank si ritrasse così da uscire quasi del tutto, poi si spinse a fondo. Ancora e ancora. Il rumore di quella scopata bagnata e dei nostri respiri spezzati riempiva la stanza.

Quella sensazione, il modo in cui il suo cazzo scivolava su punti segreti e carnali dentro di me mi fece eccitare sempre di più. Ogni volta che mi arrivava dentro fino in fondo, sfregava contro il mio clitoride.

«Sto per venire,» dissi, affondando le dita nella curva delle sue natiche, sentendo i suoi muscoli tendersi mentre mi pompava dentro.

«Vieni, dolcezza. Vienimi sul cazzo.»

Non rallentò, si limitò a prendermi forte. Veloce. Non si trattava di un accoppiamento delicato, di una facile transizione nelle relazioni coniugali. No, quello era pura necessità. Pura scopata. Non avrei voluto nulla di diverso.

Quando il piacere fu troppo intenso, troppo forte da gestire, mi lasciai andare. Urlai e artigliai, mi dimenai e supplicai. Trasalii e avvolsi le gambe attorno alla vita di Hank.

Lui continuò a prendermi, le sue movenze che perdevano la scioltezza di prima fino a quando non si fermò dentro a fondo. Gemette. Io sentii il calore del suo seme riempirmi, seppi di avergli fatto perdere il controllo, che era stato nel mio corpo che aveva trovato piacere.

Sorrisi, persa nella beatitudine.

Quando lui riprese fiato, si ritrasse, una spessa colata del suo seme che mi usciva fuori. Ero troppo sazia per muovermi, ma uno schiaffo delicato sulla figa mi fece trasalire, facendomi spalancare gli occhi.

«Tocca a me, amore. Guardati, tutta sudata e felice. Ben scopata. Adoro vedere la tua figa tutta gonfia e rosea, il seme che ne cola fuori.»

Era a Charlie che piacevano le parole sporche. Anche a me. Una mano mi si strinse su un fianco e lui mi girò a pancia in giù, per poi sollevarmi sulle ginocchia.

La Sposa Spericolata

Lo guardai da sopra la mia spalla. Aveva lo sguardo sul mio culo, sulla mia figa che sapevo essere in bella mostra. Non disse altro dal momento che sembrava che il solo guardarmi lo stesse portando al limite.

Si mise alle mie spalle, mi afferrò i fianchi e mi riempì.

«Grace. Cazzo, sei perfetta,» sussurrò.

Gettai indietro la testa mentre mi prendeva, quella posizione così diversa dal momento che riusciva a spingersi estremamente a fondo. I miei muscoli interni gli si contrassero attorno avidamente.

Il suo palmo mi colpì una natica ed io trasalii, quel bruciore che si tramutava in altro calore ancora. «Sei pronta, amore? È il momento che ci facciamo una cavalcata assieme.»

«Sì,» dissi io, poi non aggiunsi altro, quando mi scopò con forza. A fondo, spingendomi in avanti. Mi tirò su così da farmi sedere sulle sue cosce, le sue mani che mi stringevano i seni. Io non potei fare altro che prendermelo, lasciare che mi sfruttasse per far raggiungere a entrambi il piacere.

Hank si lasciò cadere sul letto, la testa sui cuscini, un braccio dietro la nuca, mentre ci guardava. Il suo cazzo, per quanto si fosse appena svuotato a fondo dentro di me, era ancora duro.

Il suo seme facilitava l'ingresso di Charlie, lo faceva scivolare dentro e fuori agilmente, perfino mentre il mio corpo ancora si abituava a prendersi due cazzi in fila.

La sua mano trovò il mio clitoride, lo stuzzicò e vi giocò, ricoprendolo del seme che mi era colato fuori.

Io ero così sensibile, così pronta che venni di nuovo. E poi di nuovo.

Charlie mi spinse nuovamente giù così da tenermi col culo per aria, la guancia appoggiata alla coperta morbida mentre mi sfruttava per il suo orgasmo, riempiendomi finalmente con un ringhio profondo e una presa salda delle mani.

Quando ricadde sul letto dall'altro lato del mio corpo, stringendomi tra sé ed Hank, fummo entrambi esausti. Mi addormentai con le loro mani addosso, il calore dei loro corpi premuti contro il mio.

Mi svegliarono quando il sole stava tramontando per scoparmi di nuovo. Poi ancora una volta giunta la notte. Fu quando il sole si levò che cavalcai l'uccello di Charlie, a cavalcioni su di lui come se fosse stato uno stallone selvaggio e non ci fosse stato modo di domarlo, ma solo di cavalcarlo fino a quando non fossimo venuti entrambi. Hank mi fece scivolare una mano lungo la schiena insinuandomi un dito nell'ano ed io li cavalcai entrambi.

«Presto, dolcezza, ti scoperemo assieme,» mormorò, ma io stavo urlando il mio orgasmo.

Invece di addormentarmi di nuovo, rimasi sveglia ad ascoltare il respiro di Hank e Charlie, a sentire le loro mani appoggiate su di me, a guardare il sole che saliva sul soffitto mentre i miei mariti mi dormivano accanto. Ero indolenzita, il mio corpo ben sfruttato. Avevo il loro seme ovunque addosso a me, la pelle madida di sudore. Avevo trovato il piacere che risiedeva in un matrimonio d'amore. Avevo la devozione e l'attenzione di due uomini.

Tuttavia, sarebbe finito tutto, dal momento che dovevo andare da Barton Finch. Dovevo tenere tutti a Bridgewater al sicuro. Avevo ottenuto la notte che avevo sempre desiderato, avevo gli uomini che non mi ero mai immaginata. Ero sposata.

Era il momento di allontanarmi. Il momento di tenere al sicuro coloro che amavo. Avevo avuto tutto... se solo fossi riuscita a scoprire un modo per tenermelo.

11

Hank

«Dov'è?» chiesi, sfregandomi gli occhi e rendendomi conto di trovarmi nel letto con Charlie. Solo Charlie. Ed eravamo nudi. Non me ne fregava un cazzo se mi vedeva le palle, o se mi guardava mentre davo piacere alla nostra donna, ma la cosa finiva lì. Se dovevamo dormire senza Grace, io avevo la mia stanza.

Scesi dal letto, recuperando i miei pantaloni da terra. Non mi preoccupai di mettermi una camicia, mi limitai ad allacciarne un bottone così che mi restassero su in vita. Il sole era sorto, ma a giudicare dalla sua angolazione, era ancora presto.

Charlie si rigirò. «Cazzo, magari sta preparando la colazione.»

«Non sappiamo nemmeno se sia capace a cucinare,» ribattei io. «Non sento odore di caffè, nè di bacon.»

Lo stomaco mi brontolò a quell'idea. Ci eravamo fatti

venire una gran fame dopo quella nottata, a prenderla più e più volte. E il pensiero di ciò che avevamo fatto con lei me lo fece venire duro.

«Mgari è al ruscello a darsi una ripulita. Da quanto ha detto ieri, non sembrava aver mai utilizzato una vasca prima d'ora. E l'abbiamo sporcata un bel po', cazzo.»

Sogghignai, sistemandomi l'uccello nei pantaloni. «Quante volte le siamo venuti dentro?»

Lui si alzò a sedere, poi abbassò un braccio per prendere i propri pantaloni. «Ho perso il conto.»

Aveva i capelli rossi scompigliati per via della dormita e riuscivo a vedere dei graffi sulla sua schiena provocati dalle unghie di Grace. Nostra moglie era una lince.

Scesi al piano di sotto, trovando la cucina vuota. I fornelli erano freddi. Guardando fuori dalla finestra sul retro, non la vidi al ruscello.

Trovai il bigliettino scarabocchiato di tutta fretta sul tavolo, mentre Charlie entrava in stanza. Lo fissai. Lo rilessi ancora. E ancora, cercando di comprendere che cosa stessi vedendo.

Il mio sorriso svanì. Il cuore mi prese a battere forte. La mia felicità... evaporata. La mia erezione... sparita.

La prossima è Carver City Bank. Oggi a mezzogiorno.
Mi dispiace.

«Cazzo!» urlai.

«Cosa?» domandò Charlie. Io allungai il braccio e lui mi strappò il biglietto di mano. Lo lesse. «Io... non capisco.»

Incrociai le braccia al petto. «È una di loro.» La mia voce era piatta come le frittelle che avevo sperato di mangiare a colazione.

La Sposa Spericolata

«Una di loro?» Lui spostò lo sguardo dal biglietto a me. «Intendi dire una della gang dei Grove? Nessuno ha mai accennato ad una donna che facesse parte del gruppo.»

Io feci spallucce, cominciando a camminare avanti e indietro per la stanza. «Non si è mai vestita da donna fino a ieri sera.»

Sgranò gli occhi, poi assottigliò lo sguardo quando finalmente comprese. Grace aveva sempre fatto parte della gang che rapinava e uccideva, scambiata per un uomo?

«Ha sparato a due dei suoi compari così da prendersi tutti i soldi per sé. Forse?» Si passò una mano tra i capelli, mentre ci rifletteva. «Cazzo, è chiaro che avesse dei problemi con gli uomini. Ha righiato e soffiato come un gatto selvatico fino a quando non le abbiamo accarezzato la figa.»

«Non ci era stato nessuno prima di noi,» constatai, ricordandomi come avesse reagito quella prima volta vicino al ruscello.

«Allora cosa? Detesta i Grove abbastanza da sparargli?»

«Non li ha uccisi, li ha semplicemente lasciati lì per noi,» gli ricordai. «Non pensava che l'avremmo seguita, aveva invece immaginato che li avremmo trascinati in galera.»

«Decisamente l'abbiamo sorpresa alla baracca. Ma le abbiamo offerto l'occasione perfetta.» Il suo sguardo incrociò il mio. Constatando la pura verità. «Sposarsi con un cazzo di sceriffo.»

Era legalmente sposata con Charlie, ma a Bridgewater non faceva differenza. Era anche mia moglie, e glielo avevo dimostrato per tutta la notte.

«Una fuorilegge che sposa un poliziotto.» Scossi la testa, ancora sconvolto, ancora fottutamente incazzato. Mi sentivo sfruttato. Tradito. *Derubato*, e non dei miei soldi. Peggio. «Ho pronunciato i voti, me la sono scopata. Mi sono preso la sua verginità, Ho sentito quella barriera infrangersi per il mio cazzo. Ha ancora il mio seme dentro di lei, ovunque si trovi.»

«Carver City, ovviamente,» sbottò lui, agitando il bigliettino in aria. «Ha intenzione di rapinare quella banca.»

«Perché dircelo, allora?» mi chiesi.

Lui fece spallucce. «Non ha importanza se verrà beccata o meno. Tu sei suo marito. Non è che la farai impiccare.»

Io volevo giustizia. Non avevo vissuto per altro sin da quando mio padre era stato ucciso. Lei era una di loro, una della gang che gli aveva sparato. Era stata lei a premere il grilletto? Avrebbe dovuto essere impiccata. *Cazzo!* Non potevo farlo. Non esisteva che potessi assistere a una cosa del genere.

Marciai fuori, facendo sbattere la porta contro la casa, e mi posai le mani sui fianchi. Osservai l'aperta prateria, la pace, del tutto in contrasto con ciò che provavo dentro di me.

«Non solo ha derubato la banca, ma mi ha derubato del mio cazzo di sogno,» disse lui alle mie spalle. «Io volevo una moglie, una famiglia, e lei me le ha portate via. Mi ha usato. Diamine, potrebbe essere incinta in questo preciso istante e che cosa accadrà? Verrà impiccata assieme a Marcus e Travis Grove.»

Non avevo mai pensato ad un bambino. Dopo la sera prima, c'erano forti probabilità. Cazzo. Mi voltai verso di lui. «Non lascerò che succeda.»

«Cosa, vuoi tenerla in vita quel tanto che basta a scoprire se sia incinta? E se non lo sarà, la impiccherai?»

Io abbassai la testa, fissandomi i piedi scalzi. «Non lo so. Cazzo, non lo so. L'unica cosa che sappiamo di Grace in questo preciso istante è che vuole che fermiamo la rapina a Carver City. Ed è ciò che faremo.»

E tutto il resto, ciò che avevamo condiviso la notte precedente, come aveva reagito, come ci aveva implorato per averne ancora dei nostri cazzi... era tutta una menzogna. A parte la sua verginità. Quella non l'aveva finta. Forse si era conservata proprio per l'uomo giusto. Un uomo con un distintivo che avrebbe potuto salvarle la pelle e un grosso cazzo per farla gridare.

GRACE

Sgattaiolare fuori e abbandonare Charlie ed Hank fu la cosa più difficile che avessi mai fatto. La notte precedente era stata perfetta. Selvaggia e indomita, delicata e amorevole. Mi ero sentita speciale, il centro del loro mondo. Il loro tutto. In cambio, avevo dato loro *tutto*.

E avrei dato ancora di più per vederli al sicuro. Mi avrebbero odiata. Ormai, dovevano aver trovato il biglietto che gli avevo lasciato, dovevano sapere chi fossi realmente. Forse non il mio nome, ma il fatto che non andassi bene per loro. Che fossi irrecuperabile.

Con quello ci potevo convivere. Mi avrebbe fatto male. Mi sentivo come se qualcuno mi avesse sparato nel petto ed io fossi stata in grado di sopravvivere nonostante stessi continuando a perdere lentamente sangue. Però loro sarebbero stati al sicuro. Intatti. Non avrei visto nè loro nè i miei nuovi amici di Bridgewater feriti.

Barton Finch voleva che lo aiutassi a rapinare una banca. Lo avrei fatto. Ciò non significava che lo avrei aiutato a cavarsela. Lo volevo dietro le sbarre proprio come Papà e Travis. Volevo che affrontasse il giudice per via dei suoi crimini. Volevo che venisse impiccato per essi. Me ne sarei assicurata, anche se ciò avesse significato la mia stessa morte. Era l'unico modo per stare certa che chi si trovava a Bridgewater restasse al sicuro, che nessun'altra persona innocente nel Territorio venisse rapinata, terrorizzata o ferita. O che sopravvivesse e dovesse piangere la morte di un caro innocente come Hank.

Barton Finch poteva anche rapinare una banca, ma sarebbe finito in galera, cazzo.

―――

CHARLIE

Ero stato un idiota. Innamorarmi di una donna a prima vista. E una donna vestita da uomo. Avrebbe dovuto essere il mio primo avvertimento. Eppure no. Il mio cazzo la voleva. La mia testa la voleva. Il mio cuore, be', cazzo se la voleva. E adesso era in frantumi. Mi sentivo un idiota ad essere tanto devastato per via di una semplice donna. Una semplice donna che conoscevo da appena due giorni.

Cazzo.

Eppure quella non era una donna che mi ero portato a letto per una notte, o nemmeno per un'ora. Non ero vergine, né ero stato un monaco. Dall'Inghilterra fino al Mohamir e in America, avevo avuto un bel po' di figa. Grace era diversa. Oh, aveva la figa più dolce, stretta e perfetta di tutte. Ma non era quello. Io desideravo di più da parte sua che non solo un momentaneo piacere.

Volevo un per sempre. *Grace era mia.*

Aveva il mio anello al dito. Anche quello di Hank.

E noi le stavamo dando la caccia proprio come avevamo fatto con la gang dei Grove il giorno prima. Perché era una cazzo di fuorilegge.

Eppure, era nostro compito, nostro onore, proteggerla. Era l'usanza di quelli del Mohamir di accudire la loro moglie. La ragione per cui due uomini rivendicavano una donna insieme era per lei, per assicurarle che ci sarebbe stato qualcuno a prendersi cura di lei se fosse mai successo qualcosa ad uno dei suoi uomini. La moglie era il centro della famiglia, ne era il cuore. Senza qualcuno a proteggerla e a tenerla d'occhio, poteva finire in rovina.

Andava contro ogni briciola del mio onore personale darle la caccia a quel modo. Rapinare banche, perfino se dal lato sbagliato, era pericoloso. Poteva restare ferita, uccisa mentre teneva in ostaggio la zona, specialmente dopo la scia di rapine. I cassieri erano all'erta e nervosi di poter essere i prossimi. Di certo, erano armati e in attesa.

Dovevamo raggiungere Grace prima che si facesse male. L'avrei protetta, dopodiché avrei scoperto che cazzo stesse succedendo. Non aveva bisogno di un cappio attorno al collo, aveva bisogno di un giro sulle mie ginocchia e una bella sculacciata. Era stato bellissimo guardarla arrendersi a noi e l'avrebbe fatto di nuovo, ma questa volta avremmo ottenuto la verità. Non avremmo aspettato, non avremmo presunto di avere il resto delle nostre vite a disposizione.

Le avremmo chiesto perché avesse sparato ai Grove. Aveva detto di essere stata di passaggio da quelle parti e di non averci voluti vedere feriti. Ma dove era stata e dove era stata diretta? Perché non li aveva uccisi? Avrebbe potuto, sarebbe bastato spostare leggermente la pistola e avrebbe fatto fuori entrambi gli uomini in un istante. Perché cazzo indossava i pantaloni?

Così tante domande senza risposta. Avremmo dovuto porgergliele, ma non l'avevamo fatto.

Spronai il mio cavallo a galoppare più veloce. Avevo bisogno di sapere tutto. Avevo bisogno di sapere la verità.

GRACE

. . .

Non avevo mai rapinato una banca prima d'ora. Perfino dopo aver vissuto con Papà e i miei fratelli per tutta la mia vita, non sapevo nemmeno come fare. Ecco perché ero stata sorpresa dal fatto che Barton Finch mi avesse voluto con sé. Il suo piano era entrare, prendere i soldi e uscire. Sparire. Mi riteneva una donna intrappolata sotto il suo controllo, pensava di potermi ricattare per farmi diventare la sua nuova complice. Dovevo ammettere che aveva una gran leva su di me.

Dal momento che ero una Grove, mi riteneva essere un qualcosa che non ero. Io non ero spietata. Non ero cattiva. Potevo avere un cognome infame, ma non vi appartenevo più. Nell'istante in cui avevo sparato a Papà e Travis, avevo chiuso con loro. Ero stata pronta a fallire da sola. A sopravvivere senza di loro. Sapendo che erano stati catturati e che non avrebbero più fatto del male alle persone o seminato il caos nel Territorio del Montana, mi ero liberata.

Il mio cuore, però, era caduto in una trappola talmente ben tesa che non mi ero resa conto di esserci finita. Ero stata colta dall'amore e quella era una cosa che Barton Finch non avrebbe mai compreso. La sua minaccia di uccidere le persone a Bridgewater, di ferire Charlie e Hank, erano bastate a portarmi lì, ma io ero disposta a sacrificare me stessa purchè potessero essere al sicuro.

Ciò di cui non si rendeva conto era che volevo che sparisse. Volevo che venisse preso. Catturato. Impiccato. Perchè se aveva cercato di violentarmi, di sicuro l'aveva fatto con un'altra donna in passato e l'avrebbe fatto di nuovo. Un uomo come lui non cambiava mai.

Mi sarei sacrificata per i miei mariti e i miei nuovi amici, ma lui sarebbe affondato insieme a me.

E così stetti al gioco fingendomi esattamente ciò che mi riteneva essere: una femmina debole e stupida.

Ero andata alla banca di Carver City e me n'ero stata lì in

piedi con in mano la mia pistola cercando di sembrare minacciosa. Indossavo la mia solita uniforme composta dai pantaloni logori e dalla camicia di Travis. Avevo perfino trovato la benda per il mio seno e me l'ero fasciato stretto. I miei capelli, di nuovo nella lunga treccia, erano nascosti sotto al cappello. Non sembravo molto un uomo, ma decisamente non sembravo una signora.

Per fortuna, c'erano solamente il cassiere e il manager nell'edificio quando vi entrammo. Carver City non era grande come il nome lasciava intendere. La maggior parte della gente in zona barattava o non aveva abbastanza soldi da aver bisogno di una banca, preferendo piuttosto infilarli in un recipiente di latta per il caffè o sotto il materasso. Tuttavia, c'erano dei rancher più ricchi nell'area, o persone a cui servivano dei prestiti.

Barton Finch entrò nella banca tutto baldanzoso, urlando e agitando la pistola per aria per incutere timore. Io non puntai la pistola verso nessuno, bensì in alto verso il soffitto. Per Barton, che era al bancone e concentrato sui soldi che il cassiere stava infilando in una sacca, stavo faceno il mio lavoro. Mi aveva detto che avrei dovuto sparare a chiunque fosse entrato o a chiunque, come aveva detto lui, avesse anche solo respirato in maniera strana. L'unica persona a cui avrei voluto sparare era lui e fino a quando non aveva agitato la pistola in faccia al cassiere, non aveva fatto nulla di male agli occhi della legge.

Nessuno sapeva chi fosse o che facesse parte della gang dei Grove. Si sapeva che c'era un terzo uomo ed era ricercato, ma non se ne conosceva il nome. Se gli avessi sparato a sangue freddo, avrei avuto la sensazione che giustizia fosse stata fatta. Poi, però, sarei stata io la colpevole. L'assassina. Dovevo assicurarmi che venisse colto con le mani nel sacco. Ed ecco perchè ci trovavamo nella banca a rapinarla.

Risuonò uno sparo. Io trasalii, distolta dai miei pensieri.

«Vi ho detto niente armi!» urlò Barton Finch, afferrando il fucile che il cassiere aveva tirato fuori da sotto il bancone. «Fallo di nuovo e mirerò alla tua testa.»

Il cassiere era impallidito come un fantasma e ficcò i soldi nella sacca più in fretta, tremando da capo a piedi.

Grazie a Dio non gli aveva sparato.

La sacca non era ancora stata chiusa nè passata dall'altra parte del bancone quando le porte d'ingresso furono spalancate.

Hank e Charlie fecero irruzione, pistole sollevate, sguardi intensi. Dentro di me, sospirai e cercai di non sorridere nel vederli. Il mio cuore fece una capriola e seppi che avevano trovato il mio biglietto. Tuttavia, quando mi guardarono, tutto ciò che vidi fu freddezza. Odio. Il mio piano stava funzionando, ma nonostante avessi saputo che mi avrebbero detestata, fece male comunque.

Barton Finch si voltò di scatto, puntando la pistola contro di loro.

«Non pensarci nemmeno. Abbassa la pistola,» gli ordinò Hank. Non l'avevo mai visto così. Concentrato e intenso come al solito, ma era spinto dalla rabbia. Era bellissimo e virile, spietato, e lo adoravo poichè metteva a rischio la sua vita per degli stronzi come Barton Finch.

«Sparagli, Grace,» sbottò Barton Finch.

Hank mantenne lo sguardo su di lui, ma Charlie stava guardando me.

«Cosa?» chiesi io, e cominciai a tremare, la mia arma che vacillava. «Io... non posso.»

«Perché? Perché è tuo marito?» sbottò Barton Finch. «Ma per piacere, sei una Grove. Spara a quel bastardo.»

Charlie spalancò gli occhi ed io vidi Hank irrigidire le spalle.

Anche Barton Finch notò la loro reazione perché

cominciò a ridere. «Non lo sapevate, sceriffo? Non sapevate che la vostra stessa moglie è una fuorilegge? Potete anche aver catturato due della gang dei Grove, ma ve ne siete persi una. Diamine, siete stati tra le sue cosce per tutta la notte.»

«Tu sei Grace *Grove*?» chiese Charlie.

Ricacciai indietro le lacrime che minacciavano di fuoriuscire. Quello non era il momento di piangere. Avevo un piano e dovevo seguirlo. Dovevo portarlo a termine, a prescindere dal costo.

«Hai preso parte alle rapine?» mi domandò poi.

«Io... io...» farfugliai, poi abbassai l'arma.

«Lei? Preso parte alle rapine?» Barton Finch rise.

Dentro di me, sorrisi. Aveva fatto esattamente ciò che mi ero aspettata. Nessuna donna poteva prendersi il merito dei suoi sforzi, per quanto meschinamente.

«Guardatela, è troppo nervosa anche solo per puntarvi una pistola contro. Io no,» sbottò, e caricò la propria arma.

«No!» gridai io, sollevando la pistola e puntandola verso Charlie ed Hank.

Per tutto il tempo, Hank rimase in silenzio. Aveva gli occhi fissi su di me, adesso, lo sguardo assottigliato, la mascella serrata.

«Sparagli, Grace. Voglio vederti uccidere tuo marito.»

Deglutii, puntando la mia pistola verso Hank. Lo guardai negli occhi. Sparai.

12

*H*ank

Cazzo. Porco cazzo, mi aveva sparato. Non pensavo che l'avrebbe fatto, ma non faceva che dimostrare quanto fosse spietata. Quanto ci avesse raggirati sin dall'inizio. Avevo sposato un impostore. Era ancora peggio di suo padre e suo fratello. Loro non avevano nascosto chi o cosa fossero. Indossavano la malvagità come un mantello e ciò rendeva la falsità di Grace ancora peggiore.

Tuttavia, mi resi poi conto... non mi aveva davvero sparato.

Mi aveva mancato.

«È a cinque metri da te! Come hai fatto a *mancarlo*?» le urlò quello stronzo.

Era sulla trentina, coi capelli incolti, gli abiti rattoppati. Sembrava non vedesse l'acqua da mesi. Tuttavia, nulla di tutto questo aveva importanza. Era la scintilla di malvagità nei suoi occhi.

La Sposa Spericolata

Era schifoso fin nel midollo.

Quando guardavo Grace, non vedevo quella asprezza. Non era una cosa facile da fingere. Che cazzo stava succedendo lì? Non c'era dubbio sul fatto che quello stronzo stesse rapinando la banca. Non c'era dubbio sul fatto che Grace la stesse rapinando assieme a lui. Tuttavia, lei non sembrava stare *con* lui.

Se davvero era Grace Grove, allora stava prendendo il posto di suo padre e suo fratello nella gang. Ma perchè? Soldi? Perchè aveva sparato loro, tanto per cominciare, il giorno prima?

Aveva tutto con noi. Due uomini che la amavano. Sì, amore. Una casa. Amici a Bridgewater. Perfino una cazzo di vasca di rame.

Perché aveva lasciato tutto quanto per lui? E perché ci aveva lasciato un biglietto per farci andare lì?

Se voleva reclamare il posto che le spettava nella gang dei Grove, non aveva senso dire allo sceriffo dove e quando avrebbe commesso il suo prossimo crimine.

Eppure, si riconduceva tutto ad una sola cosa. Un proiettile.

Non mi aveva sparato.

«Te l'ho detto prima che non sono affatto brava a sparare,» disse lei, implorando lo stronzo. Chi diavolo era, poi?

Non era brava a sparare? Grace?

«Sei una stronza inutile. Buona a nulla se non ad aprire le gambe. Eppure sei altezzosa e frigida. Inutile.» Sputò un po' di tabacco sul pavimento in legno della banca.

Grace non era un pericolo per noi. Non aveva intenzione di farci alcun male. Era quell'uomo, quello stronzo che stava parlando male di lei, che le stava mancando di rispetto, l'unico su cui ero concentrato.

«È di mia moglie che stai parlando,» ringhiai.

Lui gettò indietro la testa e rise. «Non dev'esserti andata giù di aver sposato una Grove. Di esserti scopato una Grove. Ho preso i soldi, è il momento di sparire,» disse lui, la sacca piena in una mano e agitando la pistola con l'altra.

Sapevo cosa stava per succedere. Non aveva intenzione di lasciarci uscire da quella banca vivi.

«È chiaro che Grace non serva a nulla quando si tratta di sparare a qualcuno. Siamo voi ed io, Sceriffo, e penso che sarete voi a morire, oggi.»

Invece di farmi sparare... di nuovo, risuonò un colpo di pistola. Di nuovo, fu quella di Grace. Si era voltata alla velocità della luce, quando quello stronzo si era concentrato su me e Charlie. La pistola di quell'uomo volò dall'altra parte della stanza dal momento che gli aveva sparato alla mano, attraversandogli in pieno il palmo.

Lui gridò, stringendosi la mano ferita mentre si piegava in due. Del sangue gocciolò a terra. «Stronza! Mi hai sparato.»

Grace gli si avvicinò. Lentamente e con calma. Il suo falso timore era svanito, adesso. «L'unica persona che morirà oggi, Barton Finch, sei tu.»

«Mi hai incastrato,» ringhiò lui. Aveva la fronte imperlata di sudore, stava impallidendo per il dolore.

«Sono solamente un'inutile puttana, ricordi? Come avrei potuto fare una cosa del genere?»

«Andrai in galera. Verrai impiccata! Il tuo stesso marito ti metterà un cazzo di cappio attorno al collo,» sbottò quello stronzo di nome Finch.

Grace sorrise fredda. «Forse, ma morirò sapendo che tu sarai all'inferno, mentre gli uomini che amo sono al sicuro. Proprio come hanno imparato mio padre e Travis, nessuno minaccia la mia famiglia.»

La sua voce fu piatta. Fredda. Conoscevo quello sguardo, la sensazione che stava provando. Giustizia. Vendetta.

Aveva detto amore?

«Hai sparato al tuo stesso padre e fratello? Sono loro la tua cazzo di famiglia!» gridò lui, facendo una smorfia di dolore.

«No. Loro non sono famiglia. Non gliene frega un cazzo di me. Mi facevano cucinare, pulire. Mi picchiavano. Mi hanno *ceduta* a te come pagamento.»

Cazzo. A quel punto ci vidi rosso. Se non avessi avuto una stella appuntata sul petto, e non ci fossimo trovati in una banca con dei testimoni, gli avrei piantato una pallottola in testa e l'avrei lasciato in pasto ai coyote. Non era degno di una fossa.

Finch sogghignò. «Il cazzo di un uomo non si rizza per nessuno che porti i pantaloni. Dubito perfino che tu abbia una figa.»

Grace sollevò la pistola e gliela puntò alla testa, pronta a fare esattamente ciò che volevo io.

«Grace, no,» dissi, e mi avvicinai.

«Si merita di morire,» ribatté lei, senza distogliere lo sguardo da quello stronzo.

«Se lo merita, e lo farà. Ma non per mano tua.»

Non aveva bisogno di quello sulla coscienza. Sapevo che sensazione desse uccidere, perfino un inutile pezzo di merda come Finch. Ti rimaneva dentro. Non se ne andava. Mai.

«Proprio come tuo padre e tuo fratello. Gli hai sparato per via di quello che ti avevano fatto, perchè avevano intenzione di ammazzarci, ma non li hai uccisi.»

«Verranno impiccati?» chiese lei.

«Senza dubbio.»

«E lui?» Non abbassò l'arma, ancora intenzionata a farlo fuori. Non mi importava che Finch morisse, ma mi importava dell'effetto che ciò avrebbe avuto su Grace.

«Assolutamente.»

«E io?» mi chiese lei.

Io la guardai, con di nuovo indosso quei fottuti pantaloni e la camicia larga. Non c'era traccia delle sue curve e ciò significava che aveva quella fottuta striscia di tessuto avvolta attorno ai bellissimi seni. Aveva il cappello calato bene in volo, ma non riuscivo a ricordarmi come avessi mai fatto a pensare che fosse stata un uomo.

Conoscevo la sensazione di quelle labbra sulle mie, sulla mia pelle. Conoscevo la sensazione del battito del suo cuore sul suo collo contro le mie labbra. Conoscevo la morbidezza dei suoi seni, la sensazione dei suoi capezzoli duri contro il mio palato. Il sapore della sua figa. Il sentirla stringermi il cazzo.

Che aspetto avesse quando veniva. Conoscevo tutto di lei.

Eppure, non sapevo proprio nulla sul suo conto.

«Pagherai per quello che hai fatto.»

GRACE

Mi ero aspettata di venire trascinata a Simms e imprigionata con Papà, Travis e Barton Finch. Di essere rinchiusa dietro le sbarre in attesa del giudice e poi sentenziata all'impiccagione. Trovarmi con loro fino a quando non ci avrebbero impiccato sarebbe stato molto peggio che morire. Quello... speravo, sarebbe stato rapido.

Se Charlie e Hank mi avevano vista sul promontorio, allora probabilmente l'avevano fatto anche Papà e Travis, nonostante si stessero contorcendo di dolore. Avrebbero saputo che ero stata io a spargli. A lasciarli lì a venire arrestati e ad averli cacciati nella situazione in cui si trovavano.

Barton Finch avrebbe saputo che l'avevo fatto fesso.

La Sposa Spericolata

Sarebbero stati impiccati tutti per colpa mia e non ero sicura che sarei sopravvissuta in una cella in loro compagnia.

Barton Finch era ammanettato su un cavallo, con Hank che ne teneva le redini con la pistola sguainata mentre gli cavalcava accanto. Io mi trovavo in braccio a Charlie, le sue braccia avvolte strette attorno alla vita. Mentre cavalcavamo in città, più mi preoccupavo, più andavo nel panico. Il sudore mi bagnava la fascia che mi stringeva i seni. il cuore mi batteva all'impazzata e avevo difficoltà a prendere fiato.

«Charlie, mi dispiace,» dissi per la cinquantesima volta. Sapevo cosa sarebbe successo. L'avevo saputo fin da subito e l'avevo accettato. Con Barton che veniva strattonato giù dal proprio cavallo, imprecando verso Hank, sapevo che il mio piano aveva funzionato. Charlie ed Hank erano al sicuro. Nessuno a Bridgewater si sarebbe beccato una pallottola nel sonno. Eppure... avevo paura.

Lui questa volta non rispose, né le altre. Il suo sorriso facile era svanito, così come l'atteggiamento rilassato. La gentilezza.

Hank spintonò Barton verso la galera e ce lo spinse dentro.

Charlie non si mosse. Non mi costrinse a terra a seguirlo.

«Charlie-»

«Non voglio sentirlo adesso, Grace.»

Le sue parole furono fredde e dure come il ghiaccio su un laghetto d'inverno. Nessun *amore* alla fine.

Cinque minuti più tardi, Hank fece ritorno, salì a cavallo e lasciammo la città. Spingendoci a Nord, seppi istantaneamente che eravamo diretti a Bridgewater.

«Non capisco,» dissi, spostando lo sguardo da Hank e sollevando il mento per guardare Charlie. Lui non mi guardò, si limitò a fissare dritto di fronte a sé, la mascella serrata.

Cavalcammo dritti a casa loro, il posto che avevo pensato

di non rivedere mai più. Hank smontò, poi venne ad aiutarmi a scendere. Charlie ci seguì.

Tuttavia, non entrammo in casa. Hank si sedette sui gradini che portavano in veranda e mi attirò in piedi tra le sue ginocchia aperte. Charlie si sistemò accanto a lui così che mi ritrovai faccia a faccia con entrambi. Un paio di occhi scuri e un paio di occhi verdi che penetravano i miei come se fossero stati in grado di vedermi fin nell'anima.

C'erano delle volte in cui avevo pensato che potessero farlo, ma le parole successive di Hank mi fecero rendere conto che non sapevano nulla.

«Siamo a casa. È il momento di parlare,» disse Charlie, allungando una mano e togliendomi il cappello, proprio come avevano fatto accanto al ruscello appena ci eravamo conosciuti.

La treccia mi ricadde lungo la schiena.

Hank annuì, d'accordo con lui. «È arrivato il momento di presentarti, moglie.»

Deglutii, leccandomi le labbra secche. Era stata solamente l'alba quando ero corsa via da loro a cavallo.

«Io... mi chiamo Grace Grove.» Sospirai, sollevata dal fatto di averlo finalmente detto. Di raccontare loro tutta la verità. «Il nome che ho usato per sposarvi ieri... Churchill, quello è il nome da nubile di mia mamma.»

«Hai sparato a tuo padre e tuo fratello,» disse Charlie.

Annuii, sfregando il pollice sul tessuto dei pantaloni sulla mia coscia. «Sì.»

«Hai sparato a mio padre?» mi chiese Hank.

Impallidii di colpo e vidi dei puntini scuri danzarmi davanti agli occhi. «Per l'amor del cielo, no. È stato Papà. Si è ubriacato, compiaciuto di se stesso.»

«Perché?» chiese Hank. «Perché hai sparato alla tua famiglia?»

Io sospirai, sollevando lo sguardo su di lui. Non c'era

alcuna ruga del sorriso agli angoli dei suoi occhi. Non c'era alcuna della morbidezza nei suoi lineamenti che avevo visto quando eravamo stati a letto insieme. Aveva indossato il suo ruolo di sceriffo assieme agli abiti.

Non mi serviva il luccichio della luce del sole sul distintivo che aveva appuntato al petto per sapere chi fosse in quel momento.

«Come vi ho detto, avevano intenzione di spararvi. Non potevo permetterlo.»

«E?»

«E perché li odio e si meritavano di finire in galera.»

«Ti hanno picchiata,» disse Charlie, chiaramente ricordandosi di quanto avessi detto alla banca. Notai che aveva le mani strette a pugno.

«Papà lo faceva quando era ubriaco. Quando era arrabbiato.»

«E Travis?»

Scossi la testa. «No, ma lui...» Abbassai lo sguardo sul terreno duro ai miei piedi.

«Lui cosa?»

«Non aveva bisogno di usare i pugni per ferirmi. Il nostro fratello maggiore, Tom, non era così cattivo. Mi aveva protetta da loro. Ma poi gli hanno sparato ed è morto. Da allora le cose sono peggiorate. E poi, l'altro gorno-»

Mi morsi un labbro, distogliendo lo sguardo. Non potevo guardarli, non potevo vedere la compassione né l'odio nei loro occhi.

«L'altro giorno?» mi spronò Charlie.

«Papà aveva la sacca con tutti i soldi presi alla banca di Travis Point. Era la rapina prima di quella di Simms. Ne ha spesi la maggior parte al saloon. Poker. Donne. Quando Barton Finch ha scoperto che la sua parte era stata usata per comprare della figa-»

Hank ringhiò.

«Sono state parole sue, non mie,» chiarii, portandomi una mano al petto. «Quando lo ha scoperto, ha detto a Papà che avrebbe dovuto ripagarlo. Per cui lui mi ha ceduta a Barton Finch come riscatto.»

Entrambi gli uomini si irrigidirono. Io li guardai e non pensai nemmeno che stessero respirando.

«Ti ha ceduta?» sussurrò infine Hank.

«Affinchè mi usasse come meglio credeva. Io non lo sapevo, ma poi lui ha cominciato a palparmi, aveva in mente di violentarmi.» Rabbrividii, nonostante la calda luce del sole. «Io non avevo intenzione di concedergli ciò che voleva. Gli ho... gli ho dato una ginocchiata nelle palle e sono fuggita. Sono stata io il motivo per cui Barton Finch non ha rapinato la banca di Simms. Aveva pensato di tenersi... occupato con me.» Strinsi le dita, torturandomele mentre parlavo. «Sapevo che Papà e Travis avevano rapinato la banca e sapevo che strada avrebbero fatto per tornare a casa. Mi sono imbattuta in voi e, be', questa parte la conoscete.»

Hank si schiarì la gola.

«Quante banche hai rapinato con loro?»

Spalancai la bocca al punto che di sicuro avrebbe potuto entrarci qualche mosca. «Nessuna!» praticamente gridai. «Lo giuro. Io non ho fatto nulla con loro. Non me lo permettevano dal momento che ero solo un'inutile donna. Non che aspirassi a farlo,» chiarii, assicurandomi che sapessero che non avrei partecipato nemmeno se me lo avessero permesso.

«E quel bastardo di Finch?» sbottò Hank.

«Erano loro tre. Insieme. Tranne che per la rapina a Simms.»

«Allora perchè ti sei unita a lui oggi? Perché effettuare una rapina con un uomo che aveva avuto intenzione di violentarti? Soldi?»

Scossi la testa. Ancora e ancora. «Mi ha minacciata

quando io, Emma ed Ann siamo andate al mercato. Ha minacciato-» Mi morsi di nuovo un labbro.

Hank allungò una mano, mi sollevò il mento e lo tenne tra le dita così che fossi costretta a guardarlo. «Minacciato chi?»

«Voi?» Mi si riempirono gli occhi di lacrime. Lacrime che non versavo da anni. Il mio cuore si era indurito; tutta la mia cazzo di vita si era inasprita fino al punto che avevo perso ogni sentimento. Non provavo più nulla. Ma adesso, quei due uomini mi facevano provare *tutto*.

«Lui ha minacciato me e così tu sei partita, da sola, per rapinare una banca? Per cosa, salvarmi?» sbottò Hank, gettando il proprio cappello a terra sul gradino accanto a sé e passandosi una mano tra i capelli.

«Vi ha minacciati entrambi. Non potevo permettere che vi facesse del male per colpa mia. Non capite? Sono una Grove. Io sono... cattiva.»

«E ci hai sposati così da poter ottenere protezione. Chiaramente, non ti abbiamo messa in galera insieme agli altri,» disse Hank. La sua calma cominciò a sgretolarsi fino a far emergere la sua rabbia.

«Io vi ho sposati perché vi desideravo. Vi *desidero*.» Le mie parole non bastavano ad esprimere ciò che provavo.

Charlie sollevò una mano. «Ci hai sposati *dopo* che ti ha minacciata. La protezione perfetta.»

Scossi la testa. «Volevo avere un giorno con una vera famiglia. Una vita vera. Sapevo che me ne sarei dovuta andare. Che sarei dovuta andare via con lui altrimenti sarebbe venuto a Bridgewater. Vi avrebbe sparato, avrebbe sparato agli altri. Tutti sarebbero rimasti al sicuro solo se io me ne fossi andata a fare ciò che voleva. Per cui ho ottenuto il matrimonio che desideravo, la notte di nozze che non mi ero mai aspettata. Due uomini che non mi ero mai nemmeno sognata che mi avrebbero voluta. Poi me ne sono andata.»

Loro rimasero in silenzio, ma vidi gli occhi di Hank spalancarsi, la sua espressione mutare. «Oh cazzo.»

Una mano si allungò, mi si strinse attorno alla vita ed io venni attirata contro di lui. Sentii il suo corpo duro, il suo calore. Inalai il suo odore maschile.

«Ti sei sacrificata. Ti aspettavi di finire in galera. Di venire impiccata insieme a loro.»

Distolsi lo sguardo, ma la mano di Hank mi costrinse a voltarmi di nuovo. «Sono una Grove.»

E con quelle parole come risposta a tutto ciò che era successo, lui si sporse in avanti, mi posò la spalla contro il ventre e si alzò così da tirarmi su come un sacco di patate.

Girò i tacchi e mi portò in casa, su per le scale e in camera sua.

13

*H*ANK

La verità fu come un colpo di fulmine. Improvvisa, severa e violenta.

Lei era in piedi di fronte a me ed io afferrai entrambi i lembi della sua camicia, strattonandoli. I bottoni volarono per la stanza, il tessuto cedette. Non me ne fregava un cazzo: non avrebbe mai più indossato quella camicia.

«Hai rapinato una cazzo di banca per tenere me e Charlie, così come tutti gli altri a Bridgewater, al sicuro. Avevi in mente di farti impiccare.»

Lanciai un'occhiata a Charlie, che, a giudicare dall'espressione che aveva in volto, era giunto alla mia stessa conclusione. Si mise alle sue spalle, la circondò con un braccio e le slacciò i pantaloni. Si mise in ginocchio e glieli sfilò in pochi secondi assieme agli stivali.

Grugnii nel vedere la fasciatura attorno ai suoi seni.

Trovai il piccolo nodo e lo sciolsi, poi tirai, costringendola a girare su se stessa per srotolarla. Charlie si alzò e si scostò.

«Non solo ci hai detto dove ci sarebbe stata la rapina, ma ti sei finta intenzionalmente una donna debole e frivola così che Finch sarebbe stato catturato.»

«E per tutto il tempo, hai pensato di finire in galera anche tu.»

«Ho rapinato una banca!» disse lei una volta che mi ritrovai in mano l'estremità della fasciatura, il resto ammucchiato a terra. La lasciai cadere, come se fosse stata un serpente. Avremmo bruciato tutto così che non avrebbe mai più potuto indossarla.

«Hai indossato quegli stupidi abiti da uomo!» sbottai io. «Dovrei sculacciarti per questo.»

Lei spalancò gli occhi. «Vuoi sculacciarmi per la mia scelta di abiti, non perchè ho rapinato una cazzo di banca?»

A quel punto sogghignai. «Ecco la mia forte Grace.»

Passandole una mano dietro la nuca, la attirai a me e la baciai. Con forza. Dio, il suo sapore, il suo calore, la morbidezza delle sue labbra. L'aggressività della sua lingua quando si intrecciò alla mia.

Alla fine le lasciai riprendere fiato. «Io non capisco,» mormorò lei, le sue labbra di un rosa acceso e gonfie. Tutto il resto era pelle pallida, curve floride e altri punti rosei. Punti che mi facevano venire l'acquolina in bocca dalla voglia di assaggiarli. Il cazzo mi pulsava dalla voglia di scopare.

Charlie cominciò a togliersi i vestiti. «Tu non sei Grace Grove. Sei Grace Pine. Mia moglie.»

«E mia,» aggiunsi io.

«Non abbiamo intenzione di sculacciarti, abbiamo intenzione di scoparti,» disse lui.

Lei cercò di indietreggiare, ma io non gliel'avrei permesso. Mai più.

«Perché?»

La Sposa Spericolata

«Perché hai la figa più dolce di tutte, amore mio. Voglio che tu sappia quanto ti desideriamo. Tu sei il centro del nostro mondo, Grace. Ti scoperemo insieme, ti dimostreremo che sei quella che ci rende una famiglia. Che ci rende una cosa sola,» disse Charlie con trasporto. Con fervore. Ora nudo, le si avvicinò, premendo il petto contro la sua schiena, e le baciò una spalla. «Perché hai detto a Finch che stavi proteggendo gli uomini che amavi. *Amore.*»

«Non hai mai fatto nulla di sbagliato, dolcezza,» le dissi io. «Be', avresti dovuto dircelo sin dall'inizio. È compito nostro assumerci i tuoi problemi. Siamo uomini grandi e grossi, sappiamo gestire certi pesi.»

Le lacrime le scesero lungo le guance ed io gliele asciugai con i pollici.

«Ero determinato a ottenere giustizia. E l'ho avuta. E te,» dissi. «Non abbiamo intenzione di lasciarti andare, dolcezza, nemmeno se dovessi ammanettarti al mio letto.»

Charlie sollevò la testa e ringhiò. «Un'ottima idea.»

Quella battuta la fece ridere e Charlie sorrise. Per la prima volta in tutta quella cazzo di giornata.

«Sei pronta ad essere nostra, Grace Pine? Completamente e senza segreti?» le chiesi.

Ci eravamo sposati il giorno prima, l'avevamo sentita pronunciare i voti, ma adesso sapevamo la verità. La sua risposta ora segnava il suo destino.

«Sì. Cazzo, sì,» mormorò.

Ah, quella parlata da signora. Per la prima volta da... sempre, ero felice. Papà si sarebbe innamorato di Grace. Tutta insolenza e passione, lealtà e devozione. Forse era stato lui a mandarcela come avevo pensato. Avevo completato la mia ricerca dei suoi assassini e mi ero trovato una moglie. La madre dei nostri figli.

Il nostro mondo.

CHARLIE

Feci voltare Grace e la baciai. Le mie mani le scorsero addosso, sui seni e sulla vita, sul culo e sui fianchi, posandosi infine sulla sua figa.

Zuppa, proprio come avevo sospettato. Poteva anche celarsi, nascondere più delle sue emozioni, ma il suo corpo non mentiva mai. Lei ci voleva. Aveva bisogno di noi. E noi le avremmo dato tutto ciò che il suo cuore desiderava,

Ci sarebbe voluta una vita di sforzi nel cercare di competere con ciò che Grace aveva fatto per noi. Si era aspettata di *morire* per proteggerci. Se n'era andata con l'uomo che aveva avuto in mente di stuprarla così che noi restassimo al sicuro.

Sì, era assolutamente folle. Noi eravamo uomini. Uomini grandi e grossi. Cazzo, io ero stato nell'esercito britannico. Potevo proteggere Grace da quel bastardo. Eppure, lei ci aveva tenuto troppo per vederci feriti.

E così avrei trascorso il resto della mia vita a dimostrarle quanto noi tenessimo a lei.

A cominciare da quel momento.

Le mie dita le scivolarono dentro ed io la portai ad un rapido e spietato orgasmo. Non avevo alcuna intenzione di stuzzicarla, di guardarla arrendersi al piacere. No, volevo che vi soccombesse come a gettarsi da una scogliera. Nessuna via d'uscita, solamente la caduta. Tranne che per il fatto che ci saremmo stati noi a prenderla. Ogni volta che fosse saltata giù con noi, l'avremmo stretta a noi. L'avremmo tenuta al sicuro.

Avrebbe imparato, con ogni mezzo necessario, che ci saremmo sempre stati per lei. Quando urlò di piacere, quando i suoi muscoli si rilassarono, le sue ossa praticamente si sciolsero per il piacere, io la presi in braccio e la adagiai sul letto. Salendole sopra, la baciai, poi scesi lungo il suo corpo fino a trovarmi tra le sue cosce. Gettandomi le sue gambe in spalla, le divorai la figa fino a quando non venne di nuovo.

A quel punto, era sudata, implorante e vogliosa dei cazzi dei suoi mariti.

Hank si era spogliato e si lasciò cadere sul letto accanto a lei. Io mi spostai e lui la sollevò mettendosela in grembo. «È il momento, dolcezza.»

Lei abbassò lo sguardo su di lui, sul suo grande cazzo.

«Sali su.» Con le mani sui suoi fianchi, lui la sollevò, poi la riportò verso il basso. Io guardai il suo uccello sparirle dentro, vidi il modo in cui il suo corpo lo accolse a fondo. Come trasalì e agitò i fianchi per prenderselo tutto.

Trovai l'unguento che Kane mi aveva dato prima del nostro matrimonio, l'olio scivoloso che mi avrebbe ricoperto il cazzo agevolando il passaggio dentro il suo ano vergine.

La guardai cavalcare l'uccello di Hank, muovendo i fianchi in cerchio e scoprendo il proprio piacere in quella posizione. Non riuscivo più ad attendere e mi avvicinai per unirmi a loro. Con le gambe di Hank aperte, mi insinuai dritto dietro la nostra sposa, il mio cazzo che si insinuava nella fessura tra le sue natiche, sfiorandole il piccolo buco che avrei presto penetrato.

Lei era nostra in ogni modo. Nostra moglie.

GRACE

Mi ero sbagliata. Del tutto sbagliata. Non avevano avuto alcuna intenzione di mandarmi in galera. Non avevano avuto intenzione di farmi fuori. Charlie mi aveva portata all'orgasmo due volte e adesso ci ero di nuovo vicina cavalcando l'uccello di Hank. Non avevo idea che potessimo scopare in quel modo, ma era incredibile. Adoravo quanto andasse a fondo, come potessi controllare il modo in cui mi muovevo. Ma poi quel pensiero mi abbandonò la mente come uno straccio che cancella le parole su una lavagna a gesso.

Il cazzo di Charlie mi premette contro l'ano ed io mi immobilizzai, guardandolo da sopra la mia spalla.

«Un respiro profondo, amore. Ti prenderò anch'io. Questo buco con cui abbiamo giocato si aprirà per il mio cazzo.»

Si premette contro di me mentre Hank restava fermo. Le sue mani, che si erano trovate sui miei fanchi, mi scivolarono sul ventre, poi più in alto a prendermi i seni.

«Vieni a baciarmi,» mi mormorò, ed io mi chinai in avanti.

Le nostre lingue si intrecciarono mentre Charlie continuava a premere e ritrarsi, per poi premere ancora un po'.

Sussultai quando mi aprii per lui d'improvviso, la punta larga del suo cazzo che mi entrava dentro. «Charlie!» gemetti.

La sua mano si posò sulla mia spalla ed io riuscii a sentire il suo respiro spezzato. «Per la miseria, amore. Sei così stretta.»

«Non durerò,» disse Hank. Il sudore gli imperlava la fronte e sembrava sforzarsi, come se tenersi fermo fosse la peggior tortura per lui.

Io ansimai, mentre Charlie si spingeva ancora più a fondo dentro di me, con piccoli movimenti dentro e fuori facilitati da qualcosa di unto.

«Ecco,» esalò.

La Sposa Spericolata

«Sono così... oddio, sono così piena.»

Lo ero. Di entrambi.

«Esatto, amore. Sei così piena di noi. Dei nostri cazzi, di tutto di noi. Ci hai in tutto e per tutto.»

«Inclusi i nostri cuori,» aggiunse Hank. «Ora muoviti.»

Charlie rise alle mie spalle e cominciò a ritrarsi. Hank spinse i fianchi verso l'alto.

Mi si mozzò il respiro e mi aggrappai alle spalle di Hank come se avrei potuto impedirmi di spostarmi. Non stavo andando da nessuna parte. Ero intrappolata tra loro due, me li stavo prendendo, li sentivo. Stavo ottenendo tutto da loro.

Mi scoparono a mosse alterne. Dentro. Fuori. Lenti e costanti fino a quando non ne potei più. Erano travolgenti, in ogni modo.

«Charlie!» gridai. «Hank!»

A quel punto venni, strizzando e spremendo i loro cazzi, trattenendoli dentro di me, prendendoli più a fondo.

Loro mi diedero tutto ed io me lo presi. Eppure, diedi anch'io tutto a loro.

Eravamo una cosa sola. Li sentii venire, i caldi fiotti del loro seme a fondo dentro di me.

Charlie si ritrasse con cautela, poi lo fece Hank ed io mi ritrovai in mezzo a loro due. Le sue mani continuarono a vagarmi addosso, le loro labbra a baciarmi la pelle sudata.

«Sei nostra prigioniera, amore,» mi sussurrò Charlie mentre sprofondavo nel sonno.

«Esatto, dolcezza. La tua sentenza è a vita.»

Proprio come volevo.

ISCRIVITI ALLA NEWSLETTER

Unisciti alla mailing list per essere informato per primo su nuove uscite, libri gratuiti, premi speciali e altri omaggi dell'autore.

http://vanessavaleauthor.com/v/db

L'AUTORE

Vanessa Vale è l'autrice bestseller di USA Today di oltre 50 libri, romanzi d'amore sexy, tra cui la famosa serie d'amore storica Bridgewater e le piccanti storie d'amore contemporanee, che vedono come protagonisti ragazzi cattivi che non si innamorano come gli altri, ma perdutamente. Quando non scrive, Vanessa assapora la follia di crescere due ragazzi e cerca di capire quanti pasti può preparare con una pentola a pressione. Pur non essendo abile nei social media come i suoi figli, ama interagire con i lettori.

facebook.com/vanessavaleauthor
instagram.com/iamvanessavale

TUTTI I LIBRI DI VANESSA VALE IN LINGUA ITALIANA

https://vanessavaleauthor.com/book-categories/italiano/

www.ingramcontent.com/pod-product-compliance
Lightning Source LLC
LaVergne TN
LVHW011837060526
838200LV00053B/4075